手塚治虫

SF・小説の玉手箱

第4巻

二人の超人

樹立社大活字の〈杜〉

二人の超人

目次

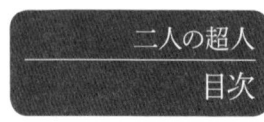

二人の超人

鉄腕アトム

第二話　二人の超人の巻

脚本　手塚治虫

登場人物

トビオ　アトラス
天馬博士　スカンク
ハム・エッグ　リビアン
貴婦人　ワルプルギス男爵
船長　ロボット馬
航海士1、2　スカンクの部下
乗客、クルー達　商店主

コクヨ　ケ−60　20×20

○北太平洋
豪華原子力客船トリトニック号が全速力で
走っている。
その偉容はまさに21世紀文明の女王
18万トン、45ノット、三千人の乗客と三百
人のクルーを乗せた美しい船体。
○トリトニック号ブリッジ
船長はじめ二、三名の航海士がしきりに海

ニを眺めている。一人が后(後)方へ—壁一ぱい
に、オート・コントロール・システム、せ
わしなく点滅するライト、しきりに図形や
文字が流動する表示盤など、さながらロケ
ットの内部を思わせる。——レーダーを覗《のぞ》き
込む、

航海士「東北東400浬《かいり》に霧発生」
船長「動きは？」
航海士「わずかに南へ移動しています」
船長「そのあたりにはオホーツク海の氷山の

コクヨ ケ-60 20×20

はしがあるんだ。 そこから発生した霧だろう」

○娯楽ホール

ゴージャスなムード。 一角でビリヤードをしている紳士たち。 その中に葉巻をくわえキザなボーイズのハム・エッグ。
アナウンス「ご乗客の皆さま。 ご夕食の準備が、 とといました」

○大プール

広い室内プールでとびこみの男。 空中で・

アナウンスを聞き、あわてて戻ろうとバタ
バタしながら水へおちる。
アナウンス「ダイニングルームのご予約席へ
どうぞお越し下さいませ」
○一等船室廊下。
みがきあげられ、ねるかに遠く廊下が見渡
せる。
アナウンス「夕食のお時間は――」
○一等船室の浴室。
もうもうと蒸気の中をドじオが必死でなに

コクヨ　ケ−60　20×20

かを押さえにかかっている。大うつし。熱湯が
ふきあす。それをさらに押さえようとビショ
ぬれになるトビオ。そのうしろから泡を食っ
た天馬博士が顔を出す。
天馬「なにをしでかしたんだ!」
トビオ「栓、ぬけちゃったの」
天馬「バカ、お湯の蛇口をぶっこわしたな。
はやくとめるんだ!」
トビオ、ちぎれたパイプをこぶしでたたきつ
づける。熱湯がますますとびちる。

天馬「そんなことをしたってとまるもんか、
ワア4444ッ!」ととび上る。
　トビオ、ちぎれた蛇口をまるめて、パイプ
の中におしこむ。やっとお湯が止る。床が一
面水びたし、もうもうたる湯気。
○一等船室。
　ズボンをびしよびしよにして天馬が浴室か
ら戻ってくる。ぐったりといすに坐《すわ》る。トビ
オがおそるおそる近づいて、天馬のズボンを
ぬがせようとする。急にひっぱるので天馬は

コクヨ　ケ-60　20×20

ズボンごと床にひきずりおとされる。
天馬「（ひたいに青すじを立てながら）トビオッ！　おとうさんはな……もう、おまえにはアイソがつきた！　これで……これでいくつ部屋の中のもんをこわしたと思う？」
トビオ「12！」
天馬「そうだ！　いいか、このトリトニック号はな、ロボットのお客は乗せない規則なんだぞ。それを特別なはからいで、乗せてもらったのだ。それなのにおまえときたら……」

トビオ「ごめんなさい」
天馬「さっさとベッドへ行きなさい！　もうぜったいにそこを動くな　おまえがうろつくと、きまってなにかをぶっこわす。アメリカへ着くまでじっとしてるんだ」
トビオ、ベッドに坐って、悲しそうに、父を見つめる。
天馬「おとうさんは、晩ごはんをたべてくるからな」
出て行く天馬博士。

コクヨ　ケー60　20×20

しょんぼりと坐っているトビオ。
○ダイニングルーム。
花で飾ったテーブルごとに客がさんざめい
て食事している。
天馬がボーイに案内されて坐る。横のトビ
オの席があいている。
天馬はあたりを見回す。たのしそうな家族
たち。幸福そうな親子。天馬の羨《うらや》ましげな顔。
むかいの婦人が天馬に話しかける。
貴婦人「今晩は博士し

天馬「今晩は」
貴婦人「あら、おぼっちゃまは？」
天馬「う……今、連れて来ます。失礼」
天馬席を立つ。
○一等船室
　ドアがあく。　天馬の姿。
天馬「トビオ、おいで。食堂へ行こう」
トビオ「うん！」
　トビオ、うれしそうに父にじがみつく。
○一等船室廊下

コクヨ　ケ－60　20×20

手をつないで天馬とトビオがなにか話しながら去っていく。

○ワルプルギス男爵邸

不気味にくろぐろとそびえる夕闇の中の邸。

○邸の近くの雑木林

次々に倒されていく大木。　アトラスが暴力をふるっているのだ。

　それをじっと見守っているスカンク。

スカンク「よーし。　次はあれだ」

　指さす方向、森のはずれの道を大型トラッ

クが走ってくる。

アトラス、空中へとび上り、弾丸のようにトラックを襲う。あっというまにトラックをひっくり返し、崖下へつきおとす。すさまじい音と共に転落し、大爆発して燃え出す。得意そうなアトラス。

スカンク「バカ野郎！積み荷までもやしちまうやつがあるか！」

スカンクがやって来てどなりつける。

スカンク「金目のものを先に奪ってから始

コクヨ ケ-60 20×20

来するんだっ、何度も教えておいたのにこの
トンチキめ！（ポケットから札《さつ》を出し）
いいか、アトラス。これを見ろ。これは金
といって、世の中でいちばん貴重なもんだ。
これさえ集めれば何でもできるんだ。おまえ
を一人前の悪党に仕立ててやろうというのは
な、このお宝をうばうのが目的なんだ」
ポケットから地図を出して、一点をさし示
すスカンク。
スカンク「訓練の3！ こんどはこの商店を

おそってみろ！　中には金がゴッソリある。
そいつをありったけかっさらって来い！」

　アトラス、　その方角を眺め、　カチカチ、チーンと音を立てて計算し、、とび上って地面へつっこんでいく。

○地中

　ブーンと音をたてて地面をドリルのように穴をあけていくアトラス。

　しばらく横へ、　やがて上方へ向って掘っていく。

コクヨ　ケ−60　20×20

○商店の中
床に突然大穴、アトラスがとび出す。
悲鳴をあげる商店主
売場のものをめちゃくちゃにひっくり返すアトラス。
商店主電話をかけようとする。　その電話めがけて、アトラスはおしりからマシンガンを出してねらい射ち、　ぶちこわす。　商店主ヘタヘタと腰をぬかす。　アトラスはさんざ店を荒らしまわり、　レジの横の札束をわしづかみ。

商店主「お……おまえ……！ロボットだな！」
アトラス「(ニヤリとし)人肉さ。おやじさん」
指からレーザー、商品の油に命中、炎がふき上げる。
アトラス「あばよ」
窓ガラスをぶちわって空へとび出す。
○再び雑木林の中。
スカンクが、アトラスのとって来たものをしらべて、唖然《あぜん》とする。

コクヨ　ケ−60　20×20

スカンク「こりゃ何だ。みんな領収書じゃないか。てめえは金と領収書の見かけもつかねえのかい。ボンクラめ！」

しょげ返るアトラス。

スカンク「もういい。今日の訓練は終りだ。ちっとは身を入れて勉強しろい！ さあ帰って体を洗え」

○ワルプルギス邸の庭

しょんぼりとアトラスが帰ってくる。

それを窓からそっと眺めている小間使いのり

ビアン。
○邸の裏口。
　ガマ蛙《がえる》の口のような石炭入れ口、アトラス
がけとばす。　パクッとあいたフタの中へ、ア
トラスがノロノロとはいっていく。
○地下倉。
　ガラクタが重ねられたくらい倉庫。　ポッと
シェードランプがついている。　らせん階段か
ら、　リビアンがおりて来てアトラスを迎える。
リビアン「またおこられたの？」

コクヨ　ケー60　20×20

アトラス「うるせえっ」
リビアン「(やさしく、姉のように)いらっしゃい！洗ってあげる」
○地下ガレージ
アトラス、洗車のホースで水をかけられて、
リビアンにゴシゴシ洗ってもらっている。
リビアン「それでおとうさんはなんていったんの？」
アトラス「おれが、トンチキで、ボンクラだってさ」

・洗い終り、リビアンがドライヤーで乾かす
。アトラス、ふてくされて車によりかかって
いる。
アトラス「そうさ、どうせおれは、人間にゃ
なれねえんだ。」
リビアン「そうよ、あなた、人間じゃないわ
、ロボットよ」
アトラス「……おやじがいったぜ。おれみて
えに、しくじってばかりいると、ロボットな
らみんなスクラップされちまうとよ。おれが

コクヨ ケ−60 20×20

人間なみだから、ゆるしてやってるんだと」
リビアン「アトラス、あなたの、やっていることは、おかしいわ、なんだか狂っているわ。おやめなさいな。あたし、あなたが、こわしたり、あばれたり、生きものを殺したりするの、見ると、悲しいの」
アトラス「おれはおやじの教育を、うけなきゃなんねえんだ！でなきゃ一人前の人間にはなれねえってんだ！」
　アトラス、ヤケクソになって車をけとばし

てへこませる。
　リビアンの胸のライトが点滅する。
リビアン「ご主人さまがお呼びだわ。　いかなくちゃ」
アトラス「今夜、　また話しに行っていいかい？」
リビアン「どうぞ。　そうっとね」
　やさしく云ってガレージのドアから出ていくリビアン。　アトラスは見送ってニッと笑う。

コクヨ　ケー60　20×20

○男爵の居間。

　リビアン、ドアをあけてはいってくる。
スカンクと、ワルプルギス男爵が笑って話
している。男爵ふり返る。
男爵「ウイスキーを出せ！　スコッチだ！」
リビアン「はい、どご主人さま」
スカンク「（男爵に）アトラスのヤツ、オメ
ガ因子を入れたのに、あれで人間なみのロボ
ットてわけですかい！　へマばっかりしやがって
……フン、オメガ因子なんてくそっくらえだ

！」

男爵って（ムッとして）わしの（発明した）オメガ因子にケチをつける気かね、スカンク」

スカンク「男爵、おまえさんね、あれを入れれば、人間とまったく同じ心をもったロボットができるといいなすったろ、いいかげんなもんだな」

男爵、スカンクの胸ぐらをつかんでひきよせる。

男爵ってものごとをしくじる！ それも人間な

みのしようこだ！　生きものや人間をおそったり、殺したりする！　そいつも、ロボットにはできないことだ！　それがオメガ因子の効果だ！　わかったかっ」

そのけんまくにおされて、　スカンク、目を白黒する。

男爵「あせらんでも、　いまに、おそろしいほど人間と似てくる。　とくにお前にな」

リビアン、　ウイスキーを運んでくる。　男爵、(杖)状でリビアンをこづく。

男「こういうロボットとはわけがちがうん
だ。あの子は」
○夜の海上。
　うすやみの中を、満艦飾《まんかんしょく》のあかりにつつま
れたトリトニック号が進んでくる。
○ダイニングルーム。
　天馬博士とトビオが、運ばれて来たスープ
をのんでいる。
天馬「おいしいか？」
トビオ「うん」

コクヨ　ケ－60　20×20

向かいの貴婦人、につこりほほえみかける。

貴婦人「アメリカははじめて？」

トビオ「……」

天馬「トビオ、だまってないで！」

トビオ、はしきりに口を指さし、口の中いっぱいにスープがつまっていることを教えようとするが、天馬が「お答え！」とうながすのでやっと口を開く。

トビオ「はじめてです！」

とたんに頭のてっぺんから、スープが噴水のようにチュウとふき出す。
びっくりする貴婦人。しげしげとトビオを見つめ、大声を出す。
貴婦人「あなた、ロボットなの？」
天馬「そうなのです。実は……」
貴婦人「お子さんかと思ってたわ……ロボットとはねえ……そう……」
貴婦人、にわかに白け、よそよそしくなる。
貴婦人「わたし、ロボットとお食事したのはこれが初めてですわ」

コクヨ　ケー60　20×20

あたりのテーブルからささやきがひろまる
「ロボットだってさ」

「どうしてロボットがこんな所に」

「まア無作法な！」

「だれが入れたんだ？」

天馬　スープでよごれたひざをふきながら、しきりにソワソワし出す。

メイン・ディシュが運ばれてくる。　カニである。　トビオ、　なにげなくとって、甲らや足をバリバリかみくだく。

天馬「それはたべるんじゃない。中味だけたべるんだ」

、ボーイたち、ヒソヒソとささやきあう。

天馬「はき出せったら!」

とたんにトビオの口からカニのハサミがいきおいよくとび出し、貴婦人のひたいにあたる。

「キャッ!」

天馬「これはどうも、いや真に、トビオ!なんてことを……」

あわてたトビオが、テーブルの下へもぐり

こんで、貴婦人の足もとにおちているハサミ
をひろおうとする。
天馬「やめなさい。」
トビオ「はい！」
立ち上ったトビオの頭がテーブルをつき上げ、
皿や花どとびっくり返す。
悲鳴をあげる婦人、みんながこっちを見つめ
る。

天馬「出て行け！」
トビオ「おとうさん、ごめんなさい！ 今度は 間違

こずに食べますから」
トビオ、服をあげ、胸のフタをあけてビニー
ルの袋にいっぱいつまった食べものをひっぱ
りだす。
トビオ「これ、いままで食べた分だよ」
天馬「こんな所でそんな！　さっさと出て行
くんだ！」
トビオ「おとうさん、ぼく」
天馬「おまえなんか、わしの子じゃない。お
とうさんなんて呼ぶな。おまえはロボットだ

コクヨ　ケ−60　20×20

ッ！」

トビオ「……」

天馬「出て行け！」

トビオ、　人人がささやきあう中を、トボトボと食堂から去る。

貴婦人「ロボットのくせにお食事なんて！よくもまあ厚釜《あつかま》しい」

○デッキ。

　すっかり夕闇につつまれた船べり。トビオがしょんぼりとやって来て、海を眺める。

天馬の声「おまえなんかわしの子じゃない、おとうさんなんて呼ぶな、おまえはロボットだ！」

トビオは今にも泣き出しそうな顔で、ぼんやりと眺めている。

ハム・エッグがそっとやってくる。

ハム「よう、坊や」

トビオ、力なくふりむく。

ハム「おじさんは見ていたよ。坊やのせいじゃない、人間のしつけが悪いんだ」

コクヨ　ケ−60　20×20

トビオ「おとうさんは、もう、ぼくを子どもじゃないって……」

ハム「そうね。じつに気の毒なことだ。つまりきみは、親に捨てられたってわけだ」

トビオ「捨てられた、の？」

ハム「そう捨子ってわけ。だから、もうきみは自由の身なんだよ。すきなところへ行けるんだよ」

トビオ「そうなの？……でもぼく、どこへ行っていいかわかんない」

ハム「ご尤《もっと》もご尤も、じゃあどうだ、おじさんの所へ来ないか？」
トビオ「？」
ハム「おじさんはこう見えても、サーカスの団長なんだよ、それもロボットのサーカスのな。きみがサーカスへ来てくれれば、花形スターだ。仲間もきっと喜《よろこ》ぶよ」
トビオ、悲しそうに微ほえむ。
ハム「どうだい？ もし決心がついたら、おじさんの部屋へ来ないか―契約するんだ」

コクヨ　ケ－60　20×20

トビオ「ケイヤク？」
ハム「そうだ。坊やとおじさんが、新しい身内になるっていう証明書だ。坊や字書けるかい？よしよし。よかったらおいで、ーさアおいで」
ハムエッグ、やさしげにトビオの肩を抱いて連れていく。サーカスの唄をくちずさみながら・・・・・
ハム「サーカスぐらしはおもしろいぞ！
～ロボットサーカス　タンタカタンタンタン

ロボット進め　タンタカタンタンタンタン・・・・

○男爵邸、小間使リビアンの部屋、夜。

屋根裏。窓から月明かり。　リビアンとアトラスのシルエット。

二人は、よりそって、手をにぎりあっている。

リビアン「アトラス、　あなたは強いんだもの。弱い相手は、いじめちゃいけないわ。」

アトラス「なぜ？」

コクヨ　ケ－60　20×20

リビアン「それが、男なんだって。」

アトラス「男って何だよ」

リビアン「あたし女で、あなたは男よ。ロボットでも、そうなってるのよ」

アトラス。リビアンをじっと見つめている。

アトラス「おやじは男なんだろ」

リビアン「そうよ」

アトラス「でも、弱いものをいじめるぜ」

リビアン、キヨトンとして考える。

リビアン「きっと間違ってるのよ。おとうさんは」
アトラス「おふくろは女なんだな」
リビアン「ええ……」
アトラス「リビアン、あんた、おれのおふくろになってくれねえか」
リビアン「（驚いて考える）あたしが？」
アトラス「そうだよ。おやじだけだと、どうもとわいんだ。おれ、いまに、自分でダメになっちまうような気がするんだ。
あんたが一しょだと、うれしいよ」

コクヨ　ケ－60　20×20

リビアン「かわいそうな、　アトラス……」
アトラス、　ゴツゴツと自分の胸からチューブを
ひっぱり出して、　リビアンにつきつける。
リビアン、　キョトン。
アトラス「これ……」
リビアン「あなたの、　エネルギー・チューブ
をどうするの？」
アトラス「おれの、　あんたへの、　プレゼント
だ（はずかしそうにうつむく）　あんたに、
あげられるのは、　おれ、　エネルギーだけなん

だ」
リビアン「アトラス、あなたのエネルギーは
大事にしなければ……」
アトラス「ていいから、うけとってくれよ……」
いいきなり、バターンとドアがあいて、スカ
ンクが現れる。
スカンク「この野郎こんな所に居やがった……
……なんだ。 小雨使いロボットなんかといっち
やつきやがって！ さあ来い！ 仕事だっ、
さっさと来ねえかっ」

コクヨ　ケ－60　20×20

○大型特殊ヘリコプター
　スカンクの部下が操縦している。スカンクとアトラスが並んで乗っている。

スカンク「いいな、もう一度くり返すぞ。トリトニック号という船の船底に、時価五千万ドルの金塊が積まれてる。その船をおれが沈める。沈んだ船へもぐりこんで、その金塊を持ちだすのがおまえの役目だ。……おい、その情報はたしかだろうな」

部下「はい、あと一時間でオホーツク海流の中を船が横切ります」

スカンク「よーし、そこがチャンスだ。海流か……フフフ……」

○夜の海上

進んでくるトリトニック号。霧が流れてくる。

○夜空

ヘリコプターが飛んでいる。遠くに氷山の壁が見えてくる。

ヘリコプター、氷山に近づき、その一角に

コクヨ　ケ−60　20×20

着陸。

○夜の海上。

かなり霧が深い！　トリトニック号のあかり
がぼけている。

○トリトニック号のブリッジ外

くらいブリッジ内にチカチカとコンピュー
ターランプが明滅しているのが、霧を通して
見える。

○メインデッキの上

天馬博士がうろうろと霧の中を探している

天馬「トビオ！　トビオどこにいるんだ？
返事をしなさい！　トビオーッ」
○氷山の上。
　スカンクの部下たちが、爆薬をしかけてい
る。
部下「ボス、　船が海流へはいりました。」
スカンク「全部仕掛けたか？」
部下「へい。　二十八か所に」
スカンク「ようし、　ヘリに戻れ！　実行だ！」
　ヘリ、氷山からとび上っていく。　ヘリの中

コクヨ　ケ−60　20×20

でスカンク、ニヤリとしてスイッチを押す。

○氷山

次々に氷山に仕かけられた爆薬が大爆発、その衝重(撃)で、氷山にひびがはいり、いくつかの大氷塊がころげおちる。

ついに、氷山が割れて、海流に乗って流れ出す。

○トリトニック号の近くの海上。

霧の中を、氷塊がいくつも流れて来て、そのうちのいくつかは船べりに当る。

○ブリッジ。

くらいブリッジ内。

航海士「左弦(舷)前方に何かあります。」

レーダーを見ていた男が叫ぶ。

航海士「接近して来ます！」

船長「氷のかたまりだろう。　氷原がせまってているんだ」

航海士「見て下さい。　すごい数です」

船長（レーダーを見て驚ろく）「なんだ？

これは？」

コクヨ　ケ－60　20×20

副船長「潮流にのって近づいて来ます」
船長（顔色をかえ）「なんてこった！　迂《う》回《かい》しろ、全速おもかじ！」
○ハムエッグの客室。
ハムエッグ、トビオに契約書をつきつけ、ニタニタ笑っている。

ハム「さー坊や、この書類にサインするんだ、そうすりゃ坊やは世界一しあわせになれるんだぞ、イヒヒヒ……」

トビオ「（読む）本物件を無障（償）無限に譲

産として所有することを認め……ってどうい
うことと？」
　ハム「つまりだ……坊やは心配ないってこ
とさ……さっさとサインしろって！」
　トビオ、ぎこちない手つきでサインする。
　ハム「いい子だいい子だ！　ヒッヒッヒッ
ヒッ　これですべて○Ｋへ書類をポケットへ
しまい」おまえさんはおれのもの、おれのもの、　なれが何
といおうとおれのもの。　ヒッヒッヒッヒ」
　ハム、トビオと握手。顔をしかめる。

コクヨ　ケー60　20×20

ハム「いてててッ！　このガラクタ科学者め！」

「………？ン？」

ブザー。トビオキョロキョロする。

客室の外で走りすぎる足音。ガヤ。

「なんだい？」

「避難命令だって！」

「どうしたの？」

「なにもおこりゃせんぞ」

「どうすりゃいいんだ」

船員「お客様、救命具をおつけ下さい！」

ハムエッグ。あわててドアをあけて船員をよびとめる。

ハム「何だ？」

船員「緊急事態です。氷山が」

ハム「氷山？」

○船室の窓。

トビオが外を眺める。

○くらい海上。

霧の中を氷山がゆっくり近づいてくる。

トリトニック号は、汽笛をならす。

コクヨ　ケ－60　20×20

○空。ヘリコプター内
スカンク「よーしアトラス。海へとびこめ。
ぬかるなっ」
　アトラス、高い空から海へダイビング。
○海中
　しずんでいくアトラス。
　ジェット噴射で泳ぎ出す。
　まっしぐらに猛スピードでつきすすむアトラス。魚の群がにげまどう。
　氷山の海中の部分が見える。

アトラス、ぐるっとまわって、見上げる。

トリトニック号の船腹。

アトラス、船の下側へ。

○船の無電室。

無線士、しきりにメイ・デイ、メイ・デイを
うちつづけている。

（前半終）

コクヨ　ケ－60　20×20

○ブリッジ。
船長「潮流からはなれろ、 衝突をさけるんだー！」
○廊下
クルーたちがかけずり廻《まわ》っている。
○海上（フカン）
ついにトリトニック号はまともに流氷群とはちあわせ。 巨大な氷山のかけらが次々に流れ寄ってくる。
船長「おもかじ5度！」

とたんにへさきに氷山のはしがぶつかる。　ブ
リッジ大ぶれ。
　流氷の雨を、　衝突をさけながら走る船体。

○デッキ
　ブイをつけた船客がパニックのように走り
まわっている。
アナウンス「勝手に避難しないで下さい！　ま
もなく船長から発表があります。　指示に従っ
て下さい！」

天馬「トビオーーッ!!」

コクヨ　ケ−60　20×20

○船室の窓。

トビオがのぞいている。窓一パイに氷山がせり上ってくる。トビオは、いきなり窓をぶちやぶって外へとび出す。

○空。氷山塊。

トビオが次々に氷山へ体あたりをして、穴をあけていく。

そのつど、氷塊がくずれおち、氷壁にひびがはいって割れていく。

茫《ぼう》然《ぜん》と見つめる船長たち。

船長「見ろ！……なにかが氷を割っとる……」
　トビオ、さらに体当たりして氷を割りつづけ
る。
　ついに、大きな氷山の群がくずれて、こま
かい氷塊になり海上一めんに浮かぶ。
航海士「奇跡《きせき》だ……」
船長「今だ！　潮流をぬけさせっ」
　汽笛をならしつつ全速力で走る船
○海上。
　アトラスが海面からとび出し、　氷塊の上へ

コクヨ　ケ−60　20×20

おり立つ。
まだ氷山を割っていたトビオ、ギヨッとしてアトラスの前へおりる。
二人対侍(峙)。二人の目が異様に赤く明滅する。
○氷塊の上。
アトラス「なれだ？」
トビオ「ぼく　トビオ」
アトラス「おれはアトラス！」
トビオ「……はじめまして……よろしく……
……」

アトラス「ふざけんなー！人の邪魔しやがって！せっかくあの船が沈んだら金をとる予定だったのに、海の底で待ちぼうけをくわせやがって！」

いきなりトビオをなぐりつける。トビオ、氷の上へひっくり返る。

トビオ「やめてよ」

アトラス「おまえのおかげでこのザマだ。なぜこんな余計な真似をしやがったん？　え？」

コクヨ　ケー60　20×20

トビオ「わかんない」
アトラス「どこのどいつが、おまえにやらせたんだよオ」
アトラス、トビオの首をしめようとし、じっとトビオの顔を見つめる。
アトラス「……おまえ、どっかでおにあったか？」
トビオ「……」
アトラス「おれの心のファイルにね、おまえのことはねえけど……でも、たしかに見たことのあるツラだ」

トビオ「ぼくもきみ知ってるよ。　なぜかわかんないけど……」

アトラス「調子に乗るんじゃねえ」

アトラス、またトビオをたたきつける。

トビオ「なにするんだ」

アトラス「このままじゃすまねえ。　おまえまめたぶげてやる。　思い知れっ」

アトラス、　さらにトビオをたたき潰《つぶ》そうとするがトビオはさっと空中へ逃げる。

アトラ

コクヨ　ケ－60　20×20

ス追う。
○夜空。
アトラスとトビオ、はげしく空中でたたかう。おたがいにしだいにきずついてくる。とくにトビオが元気がなくなってくる。

ついに、トビオは、ガス欠のようにフラフラになる。

アトラス「どうした！　かんねんしたか？」

トビオ「ふだんなら……もっとエネルギー

があるのに……さっき使っちゃったから……
」
　アトラス「とどめをさしてやるぞっ」
と、　つっ込もうとし、　ハッとなる。
リビアンの声「アトラス。弱いものいじめ
ないで……あなたは男でしょ？……」
　アトラス。　顔をしかめ、　こぶしをふるわせ
て、やっと思いとどまる。
　ドビオは力つきて、　まっさかさまん海上へ
おちる。　海へとびこんだアトラスが、　さっと

コクヨ　ケ－60　20×20

拾い上げ、船へ運ぶ。

○ハムエッグの船室。

窓からとびこんでくる。トビオをかかえたアトラス。

トビオを置き、じっと見つめる。

アトラス「ここがおまえの部屋か？エネルギーを入れてもらえ！この次出あったら……覚悟しとけよ」

そう言い捨ててとび出す。

アトム《（トビオ）》、動こうとし、よろよろと倒れこむ。

ハムエッグ部屋へ戻ってくる。

ハム「やれやれ船が命拾いだ……やい、どこへ行ってやがったんだ！　なんて格好だいそれは！」

トビオ「……」

ハム「みっともない！　ここへはいってろ」

ハムエッグ、アトム《トビオ》を折りたたむように、トランクへ詰めこむ。

○廊下

コクヨ　ケ－60　20×20

天馬博士が、トビオを呼びながらやってくる

天馬「トビオーッ。トビオはいないかーッ」

○トランクの中

トビオ、その声にハッとなり、必死になってもがくが、力がまるで出ない。声もかすかにしか出ない

トビオ「お……と……う……さん……」

○客室

ハムエッグ、廊下の方をにらみつけ、トランクを戸棚の中へかくす。

○廊下。

天馬「トービーオーーーッ!」

○トランクの中

トビオ「……お……とう……さ……ん……ぼく……こ……こ……」

○廊下

天馬「トビオ、出ておいで。さっきはわるかった。おまえは、おとうさんの子だーッ」

○トランクの中

トビオ「(かすかにほほえむ)お……と……う……

コクヨ　ケ−60　20×20

さん……助け……て……」

○廊下

去っていく天馬

○デッキの最后(後)部

船べりに、倒れるようによりかかって、海面を見つめ、涙をうかべている天馬

天馬「これなけ探して居ないのなら……たぶん……海へ落ちたか……それとも……ああ、わしは……おろかだった！」

○男爵邸　朝

三階の窓があいて、べランダへ彫刻を出し、磨いているリビアン。
うっかりして、彫刻をおとす。
彫刻、下の石畳へおちて木《こ》っ端《ぱ》みじん。
ハッとなるリビアン。
庭から、男爵がじっと見つめている。
つかつかと彫刻に近づいて、破片をとり上げ、リビアンをにらみつける。
男爵「リビアン！　許さんぞ！」
○男爵居間

コクヨ　ケ－60　20×20

リビアン、 男爵の前にひざまブ(ず)いている。
男爵「あの高価な彫刻を……ぐずロボットの
能なしめ！ この罰はわかっているだろうな
リビアン！」
リビアン「……はい ご主人さま」
男爵「解体処分にしてやる！ いや、それだ
けじゃすまん。 屋上にからだの一部を掘こっ
けて、 かざりものにしてやる。 あの怪物ども
と同じ。 世にもみにくい姿にな」
リビアン「それだけは……おゆるし下さい」

男爵「ゆるせんと？ おまえにそんな权（権）利が
あるのか？ 生みの親はおれだ。どうしよう
と勝手だ。来い。」
リビアンをこづきつつ廊下を。
○男爵邸の裏口。
空からアトラスがとびおりて、石炭とり入
れ口からはいっていく。
アトラス「リビアン！ どこだい？」
○邸内の部屋
アトラス、探し廻《まわ》っている。

コクヨ　ケー60　20×20

アトラス「リビアーン」

○ロビー

アトラス、壁にくっついた奇怪な彫刻に聞い
ている。彫刻ゆっくり指さす。そっちへ走っ
ていくアトラス。

○地下への階段。

アトラス、血相かえておりていく。

○ロボット製作室の入口。

あつい鋼鉄のドア。　アトラスあけようと必死
。ついに、体あたりして穴をあける。

○製作室。

リビアンが解体されている。

茫然《ぼうぜん》と立ちはだかるアトラス。

男爵「き……さ……ま……いつ帰った!」

「この部屋へはいってはならん!!」

アトラス「リビアン!!」

バラバラになったリビアンにかけ寄って、

じっと見つめ、

男爵をにらみつけるアトラス。

男爵たじろぐ。

男爵「リビアンだ……ヘマをしたので、仕置きをしてやった……」
　アトラス、いきなり男爵の首をしめる。男爵、もがいて、まっ赤になり、近くにあった電気ムチをやっとつかみ、アトラスをひっぱたく。火花。アトラス思わず手をはなしてのけぞる。　その間に男爵はほうほうのていで逃げ出す。　アトラスあとを追う。
○男爵邸ガレージの外
　男爵が車でとび出す。　あとを追うアトラス。

それを物かげでじっと見ているスカンク。

スカンク「アトラスめ……!気が狂ったんだ!

畜生!」
○林から崖《がけ》の道。
つっ走る男爵の車。追って飛ぶアトラス。

男爵、スイッチを押す。車の後部から電磁力砲が発射され、アトラスに命中する。

アトラス、はねとばされ、たたきつけられる。手足が内部構造むきだしになり、ショートして燃え出す。

それでもアトラスはなおもとび上り、車を

コクヨ　ケー60　20×20

追う。

崖《がけ》の道で、 アトラスは一気に車を追いぬいて前へ立ちはだかる。 男爵は急ブレーキをかけ、Uターンしそこなって、車がもんどりうって谷川へおちこみ、 沈みながら流れて行く。

ぼんやりと見送っているアトラス。足をひきずりながら去る。

○ヘリコプター内
スカンクが空から一部始終を眺めて、舌打ちする。

スカンク「なんて奴《やつ》だ！　奴はもう使えねえくや
、云うことを訊(訊き)かねえ上にこっちまで寐(寝)首を
かかれちぎかなわねえからな。　あばよ、　アト
ラス」
へりはそのまま彼方《かなた》へとんでいく。
○男爵邸、　ロボット製作室
きずついたアトラスがはいって来て、　リビア
ンの部品を、　袋に入れ、　よろよろと別室へ。
○別室。
　いろいろなロボットと共に、　馬のロボット

コクヨ　ケ−60　20×20

が掘えてある。それに、這(這は)いずるようにまたがったアトラスがスイッチを入れる。動き出す馬。

アトラス「リビアン、あんたとおれとは、永遠に、一緒だ……」

○男爵邸の近く。

アトラスを乗せた馬がとぼとぼと歩いていく。

○雑木林、丘。

アトラスと馬がしないに去っていく。

クレオパトラ

●テーマ

弱肉強食は世のならいという。人類の歴史は強大な権力による圧迫と征服の反復にすぎない。だが強者にその権利があるとすれば、弱い者——被征服者にも、防禦《ぼうぎょ》の——抵抗の権利があるはずではないか。

この映画は従来の一方的なクレオパトラ伝説——情痴《じょうち》と放蕩《ほうとう》に身を滅ぼした娼婦《しょうふ》的伝説をくつがえし、大国ローマの侵略に抵抗して身を挺《てい》して国を救った愛国的な女性が、愛と権力の前に次第に女の弱さを見せはじめ、ついに運命の犠牲となって自殺するまでの宿命的な人間像をたどり、女の悲劇を、先述の弱者の権利という主題と平行して描いていきたい。

具象的表現としては第一作「千夜一夜物語」と異なり、物語を二義的に考え、かなり視覚的に自由なテクニックを駆使して一種のバラエティ・ショーにしたい。また、物語の閉鎖的結末を考慮して、あくまでもクレオパトラの人生を客観的に観察する狂言まわしを登場させ、それに現代人の目という意味を含めてシニカルなおとなのマンガにしてみたい。

●登場人物

【ローマ側】

ジュリアス・シーザー　ローマの専制者。天才狂人。

アントニウス　シーザーの片腕。武骨で野暮《やぼ》ったい凡人。

オクタビアヌス　のちのアウグスタス大帝。冷徹なホモセクシュアル。

イオニウス　ローマ東征軍の兵士。

カルパーニア　貞節なシーザーの本妻。

キジル　剣闘士。イオニウスの敵。

オクタビア　オクタビアヌスの姉。アントニウスの妻。

【エジプト側】

クレオパトラ　エジプトの女王。

プトレマイオス　その弟。優柔不断の王。

アポロドロス　クレオパトラの忠臣。クレオパトラを恋している。

リビア　アレキサンドリアの娘。イオニウスの恋人。
ルーパ　クレオパトラのペットの豹《ひょう》。
ヘロデ　ユダヤの王。
アルメニア王　囚人の王。

【未来人側】
ダラバッハ（インド人）　サイコキネシス研究所長。
ハル・ミッチャム（米国人）　調査員。
タニ・キヨシ（日本人）　調査員。
マリア・フェロウ（フランス人）　調査員。女性。

●プロローグの一

銀河系の片隅、何百億ともしれぬ星塵（ママ）の中にあって、生物が棲息《せいそく》する地球と呼ぶ天体は極めて特殊な宿命を背負っていた。

その星の上に棲《す》む生物たちは決して安らかな生活を送ってはいなかったのだ。つねにわが身を襲う危機――数々の敵と闘い、または護身のために毎日を費やさねばならなかったからだ。かれらには必然的に強者と弱者の区別が生まれ、おたがいに殺戮《さつりく》を繰り返しながら進化していくのだった。弱肉強食の歴史は、何億年も何十億年も続いてきたが、それでも生物は滅びなかった。強者には強者の権利があると同時に、弱者には、自己を守るための権利が当然あったからである。ある生物は敵に貪食《どんしょく》されても、さらに無数の子孫を生み続けた。

ある生物は外界の色や形に姿を似せて敵の目をごまかし、ある生物は防禦《ぼうぎょ》のための武器を身につけた。集団の力で対抗するものや、敵に寄生するものさえあった。
この生物界の節理は、人類が発生してのちも、変ることはなかった。

●プロローグの二

第二次大戦中、ナチスは強制収容所その他でユダヤ人を大量殺戮《さつりく》した。しかしユダヤ人たちは迫害に耐えてイスラエルを建国した。パリが占領されたとき、市民のナチスへのレジスタンスは強烈なものであった。そして、それはソ連戦車の侵入をみたプラハの悲しい抵抗や、ベトコンゲリラ達の根づよい反撃にひきつがれた。侵略者には、つねに弱者側の主張と弾劾《だんがい》のエコーがつきまとっていたのである。

●第一章

ときは二十一世紀——

地球連邦時空間転位研究所では、精神を遊離させて次元を越えて他人へ転移させる、サイコキネシスが実験されていた。

研究所所属の調査員ハル・ミッチャムと、マリア・フェロウ、タニ・キヨシ達はダラバッハ所長に呼び出され、突然、紀元前五十年までさかのぼって、エジプトのアレキサンドリアにサイコキネシスのテストをしてほしいと命ぜられた。三人が転移する肉体は、クレオパトラの側近のひとりミダニスと、ローマの奴隷《どれい》のひとりイオニウス、エジプトの民衆のひとりリビアの三人であった。三人はダラバッハ所長に、時間転移は絶対に歴史を変えるような行動や事件をおこしてはならず、傍観者の立場をとるようにいいふくめられた上、クレオパトラが私生児で不美人であったという新しい資料が事実かどうか確認してくるように指令された。

転移する肉体の時間と空間の座標が確認された上で、三人は次々に紀元前五十年のエジプトへ精神をとばせた。
ローマの東方侵略軍――シーザーに率いられた――のガレー船の奴《ど》隷《れい》イオニウスにはタニの精神が、クレオパトラの側近ミダニスにはミッチャムの精神が、リビアにはフェロウの心がはいりこむ予定だった。ところがミダニスの座標が狂っていたためか、転移の技術にミスがあってミッチャムはクレオパトラの飼っていた豹《ひょう》の肉体の中にはいりこんでしまった。

●第二章

ローマの傍若無人《ぼうじゃくぶじん》な征服者シーザーは、ナポレオンのような野望にかられ、いまや政敵のポンペイウスを追いかけてエジプトへ向かっていた。八百もの都市を焼き、百万人を殺し、百万人を奴隷とし、当面、豊かな弱小国であるエジプトを侵略し征服することに冷酷な意欲をそそられていた。

追っていったポンペイウスがエジプト人に惨殺《ざんさつ》されたというので、シーザーは烈火《れっか》のごとく怒り、四千の軍隊を上陸させて、威風堂々《いふうどうどう》のアレキサンドリア入城を行った。だが民衆はつめたい憎悪の目をなげるばかりである。

この侵略者に対して、あちこちで暴行があり、抵抗がくり返された。それに対してシーザーは、ますます居丈高《いたけだか》に懲罰と制裁を加えていった。だが、若いエジプト王プトレマイオスは、シーザーに追従するだけで、わが身の安全だけを計ろうと振舞った。一方、ペルシオンには、このローマ人たちの侵略に対して、どうしたらエジプト帝国を全《まっと》うできるかを案じる人達が集った。彼らは金や領土だけではシーザーを陥れることはできないと悟り、ただ一つ、美貌《びぼう》と英知に秀でた女性をシーザーにおしつけることで、かれを色仕掛《いろじかけ》で妥協させ、ローマに対してエジプトが安全保障をとりつけることしかないと考えるに到った。そこで、白羽の矢をその女性——クレオパトラにたてたのだった。クレオパトラはそんなに美人でもなく、おまけに母の名もわからぬ私生児で、そのままではとてもアレキサンドリアへもどるわけにいかない。しかも、うかつに戻ればプトレマイオス王（弟）に殺されてしまうだろう。

愛国者たちは、クレオパトラに念入りな美容整形と教育を行った。古来から伝わるエジプトの美容術と医術は神秘的なものであった。完成したクレオパトラの姿は、美の女神もかくやと思われるほどの美しさであった。

クレオパトラは、邪魔がはいらぬように、こっそり舟で王城の裏まで行き、そこでわが身を布につつんで荷物のようにみせかけ、アポロドロスという家来にいいつけて城内へ運び込ませ、シーザーの面前で荷を解かせた。
シーザーは、突然の美女の出現に驚き、かつよろこんだ。クレオパトラにしてみれば、ここでシーザーを陥落させることが国を救うことになるのだから必死であった。女をすでに何十人も知っているシーザーは、そんな彼女の心をすぐ察してしまったが、それでも彼女の魅力の虜《とりこ》になってしまった。その夜、ふたりはお互いに情痴《じょうち》のかぎりをつくした。

シーザーは、そのままついにアレキサンドリアに何日も足をとめることになった。ローマにへつらうプトレマイオスは叛乱《はんらん》を起こして敗れ、遂《つい》に、シーザーはクレオパトラをエジプトの女王としてみとめざるを得なくなった。と同時に、彼女に赤ん坊が生まれ、それが自分のつくった子であるいとおしさから、シーザーは、その子を自分の後継者にしたい願いにかられた。

ローマ軍船の中で酷使されていた奴隷《どれい》のイオニウスは、プトレマイオスとの戦いのどさくさにまぎれて船を脱出し、アレキサンドリアの町をさまよううちリビアにすくわれた。

ふたりはナイル河にそって逃げ、たまたま敗走するプトレマイオスに出遇《であ》い、彼を河の中へ沈めて殺した。

プトレマイオスの死体を確認して、ローマ軍は、イオニウスを脱走奴隷として捕えたがその手柄を認めないわけにはいかなかった。そこでローマへつれて帰って闘士として養成することにした。

●第三章

シーザーはクレオパトラを連れてローマに凱旋《がいせん》し、四日間にわたって盛大な式典を行った。

イオニウスは、すでに恋がめばえていたリビアとの間をひきさかれ、闘士として養成されるためにローマへ連れ戻された。そこではげしい訓練が待っていた。

シーザーは、クレオパトラに、チベリス河岸に美しい館《やかた》をあてがって住まわせた。クレオパトラは、祖国が自分がシーザーと結婚することではっきり救われるのだと自覚していたが、残念なことにシーザーには本妻のカルパーニアがいた。クレオパトラはコロシアムで闘士のイオニウスに会い、自分の館へもらいうけて、身を守らせることにした。

シーザーは、しだいに独裁者として奇嬌《ききょう》な行動が目にあまるようになり、しばしばテンカンの発作をおこし、ついに自分は神であると言い出した。神殿に自分の像を彫らせて立たせ、また王位につくために腹心《ふくしん》のアントニウスに王冠を捧げさせたが、民衆の怒号にあってそれはできなかった。

シーザーの敵たちは、王位をエサにシーザーを元老院《げんろういん》へおびき出し、シーザーを刺して殺した。

クレオパトラは、突発的なシーザーの死に驚きあわてた。せっかくエジプトの安泰《あんたい》を目《ま》のあたりにしながらその希望は消え去ったのだ。クレオパトラは、イオニウスの手引きでこっそりローマを脱出してエジプトへ帰らねばならなかった。

●第四章

シーザーにかわってローマの実権をにぎったアントニウス、かれはシーザーとちがって武骨で、美貌《びぼう》で、平凡な武人であった。

クレオパトラは、再びエジプトの安全のために、アントニウスをも魅惑《みわく》の虜《とりこ》にする必要に迫られた。そこで、財宝をもって船をつくり、タルソスへ、アントニウスに会いにいった。

アントニウスは、クレオパトラの一世一代の豪華きわまるサービスにあって、すっかり彼女に魅せられてしまった。その招待の宴《うたげ》の豪華さは、信じられぬ程のものであった。

そして、彼はクレオパトラと結婚し、ローマとエジプトを結びたい、と願うようになった。またしてもクレオパトラの捨て身の作戦が功《こう》を奏《そう》したのである。

アントニウスは、政治のことも忘れ、アレキサンドリアでクレオパトラと情事を重ねた。二人は、お互いに自分の立場をよく知りながら、はげしい恋に陥ってしまった。身分もすて、国も世界も捨てて二人だけの愛に生きたいと思い始めた。そのため奴隷《どれい》の姿に身をやつして城内からのがれ、パーピアの家にかくまわれたこともある。

そんなとき、突然アントニウスはローマへ去っていった。しかも、四年間もであった。クレオパトラは不安な毎日を送りつづけた。彼女はすでにアントニウスの子どもを二人も生んでいたのだ。

その上、風のたよりに、アントニウスがローマで別の婦人と結婚したといううわさを耳にして、絶望はさらに深まった。


突然アントニウスは、東方を侵略する軍団を率いて帰ってきた。いまやクレオパトラはアントニウスの忠実な妻であり、エジプトは、すでに安泰《あんたい》だと思われた。その証拠にアントニウスは、アレキサンドリアで凱旋式《がいせんしき》を行うことを決定したのである。

だが、その凱旋式のとき、東方のアルメニア王が捕虜《ほりょ》として連れ出された。しかし王は毅然《きぜん》として侵略者への非難を叫ぶのだった。クレオパトラはそれをきいてかつてのエジプトの立場を思い出し、深く恥じ入ってこの王を死刑から救った。

アントニウスの権威はこのころから下り坂になり、元老院《げんろういん》の弾劾《だんがい》にあったり、多くの離反者が出たりした。シーザーの甥《おい》のオクタビアヌスの勢力が強まり、ついに対立が爆発して両者はアクティオンの海で戦火を交えることになった。

クレオパトラは多くの部下が反対したにもかかわらず、夫に従って戦地に赴《おもむ》いた。

海戦は次第に敵の優勢に傾いた。機嫌をそこねたクレオパトラは、自分の船をまとめると戦場から退いた。すると、何を血まよったのかアントニウスまでが戦闘に背を向けクレオパトラを追って逃げ出したのだ！

●第五章

アクティオンの海戦はさんざんの敗北であった。もう、エジプトの安全を守るためにはアントニウスはまったく無用の人物だということがわかった。しかしクレオパトラは、祖国を守らなければならない！

そのうち、各地のアントニウスの味方が、なだれをうって敵方にまわってしまったという報告が届いた。

ユダヤ王ヘロデは、突然エジプトにやってきて、アントニウスにクレオパトラを暗殺するようにすすめた。だが、アントニウスはこれをことわった。

クレオパトラは、いよいよ自分の最後の時がきたことを察し、いろいろな毒を集めてためしたりした。彼女は、もうアントニウスを軽蔑《けいべつ》しきっていたのである。

彼女は昔を夢みていた。あの力強くローマへの抵抗を誓った時代、身を挺《てい》してシーザーの心を虜《とりこ》にした時の愛国心……しかし、すでにもうどうにもならぬ運命に陥っていたのだ。

ついにオクタビアヌスは、全ローマ軍を率いてエジプトへ押し寄せた。

アントニウスは、アレキサンドリアの町の入口で迎え撃とうとしたが、味方の騎兵が次々に逃亡したのだった。クレオパトラが裏切ったのだと思ったアントニウスは、あわてて城にとって返した。クレオパトラは神殿の廟《びょう》にとじこもり閂《かんぬき》をかけ、自殺の準備をしていた。狂ったようなアントニウスは、廟の入口にかけ寄って、その場でイオニウスの渡した剣で自刃《じじん》した。

アントニウスの亡骸《なきがら》を見て、女の運命の悲しさにわっと泣き伏したクレオパトラ。

●第六章

勝利者オクタビアヌスと、うちしおれたクレオパトラは宮殿の中で会った。

クレオパトラは、最後の賭《か》けをしたのだった。そして、色仕掛《いろじかけ》でオクタビアヌスを陥れようとしたが、なんとオクタビアヌスはホモで、クレオパトラを生かしたままローマ中をひき廻《まわ》すつもりだということを知る。

覚悟を決めたクレオパトラは、廟《びょう》の中で地面に接吻《せっぷん》し、自分の愛する祖国がまた必ず将来独立し、侵略者を追い払う力を得るだろうと予言して、蛇にその身をかませて死んだ。

●エピローグ

ミッチャム、フェロウ、タニの三調査員は、再び二十一世紀の世界に意識をとりもどした。

三人がクレオパトラの生涯から受けた感銘は三人三様だった。ローマへの彼女なりの対抗の方法を是《ぜ》とするもの、非難するものが意見を分《わか》った。

しかし、現に、二十一世紀においては、地球人はその強大な破壊兵器をもって他の天体を次第に侵略しつつあったのである。三人はその現状を複雑な気持で咀嚼《そしゃく》するのだった。

光魚マゴス

◇設定

地球はいわば、大気という海に包まれたゆらめく世界である。大気は水ほど境界線はないけれど、その大気層の海の中には、鳥や虫など、さまざまな生物が浮いて生活する。

そして、〝光魚〟もその生きもののひとつだった。

しかし、〝光魚〟の存在を、人間はだれもしらなかった。

〝光魚〟がはるか上空の成層圏に棲《す》んでいるという理由にもよるが、

なにしろ〝光魚〟のもっているふしぎな力のまえには、人間はまったく無力だったのである。

〝光魚〟という生きものは、魚に形が似ているがぜんぜん魚とはちがう。それはすばらしく発達した頭脳と超能力をそなえた、人間に似た生きものなのだ。

ただ、きわめて大きい。そのからだを、重力制御でうかせ、超スピードでとべるかと思うと、いつまでも、静止して浮いていることもできる。

〝光魚〟は何種類もいる。そして、

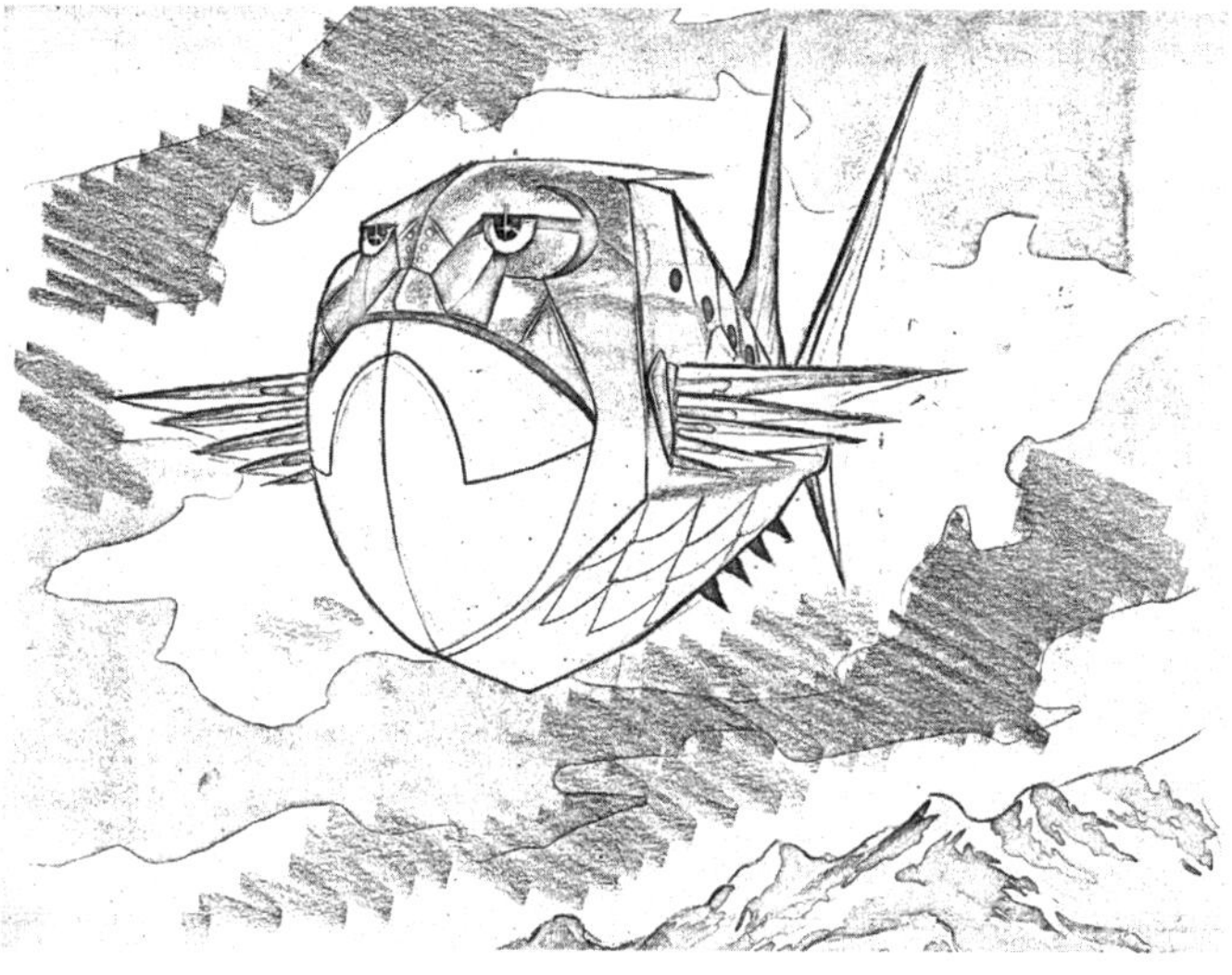

それぞれに能力もちがうし、気狂《きちが》いじみた残忍なものもいる。
しかし、すべての〝光魚〟がそなえている超能力はつぎのようなものである。
（一）気圧に関係なく低空へおりてくることもできる。
（二）体細胞を縮小させて、五センチぐらいの大きさにちぢむことができる。（ふだんは三メートル――十メートルの大きさである）
（三）スピードをあげると、毎時三千キロメートルをとぶ。
（四）それぞれに武器をそなえている。その武器は、光線や、液体や、牙《きば》、電流などである。
（五）からだからつよい光を発し、光のかたまりになる。（いわゆるUFOは、この光った光魚を見まちがえたのである）
（六）〝光魚〟が地上近くおりてきて主人公とまじわるようになったのは、人間がまきちらしたスモッグや塵埃《じんあい》が、上昇して成層圏をおおっていったからで、〝光魚〟たちは生活できなくなって低空へおりてきたのである。

◇プロローグのための会話

「〝光魚〟を見たことがあるかね？」

と、老人は――佐助じいさんはそういって、うねりにさからってすすむ小舟の中で孫――豪人に話しかけた。佐助は八十才だが、七十年を釣りにかけた、いわば魚と闘って人生を送った有名な釣師だった。

「〝光魚〟ってなんだい？」

豪人は訊《たず》ねた。

「わしは何回も見ておる。そして、そのたびに逃がした。おまえのオヤジも〝光魚〟をもとめて世界中を旅し、そのためにいのちをちぢめたようなもんじゃ」

「ぼくもその〝光魚〟におめにかかりたいな」

豪人は云《い》った。「どこの海に棲《す》んでるんです？」

「海の中ではない。空じゃ」

佐助は夢を見るような目つきで空を仰いだ。豪人は、おじいさんの頭がもうろくしたのではないかと疑った。

「〝光魚〟は高い空の上を游《およ》いでおる。それからもわかるように、魚の仲間ではない。

からだがまっ白で、マグロみたいに大きい。白いというよりも、光につつまれているんじゃ。

いつもは何千メートルも高空をとんでいるが、ときどきうんと低い所へおりてくる。エサを見つけにじゃ」

「待ってよ。そんなら今までに何万人も——何百万人もの人がその魚を見てるはずでしょう」

「それが〝光魚〟はふしぎな力をもっていてな、危険が近づくとなれば姿を消すこともできる。心を許しているときでなければ〝光魚〟は姿を見せないんじゃ。

よくUFOとかいう代物《しろもの》を見たものがあるじゃろう。あれはいくつかのものは、たぶん〝光魚〟を遠くに見たものじゃ」

豪人はふき出した。

「おじいさん、ホラ話なんか信じないよ。魚が空をとんだり姿を消したり……」

「まあ、お訊《き》き。わしが七十年も、いくら好きとはいえ釣りに人生をかけてきたのも、また〝光魚〟にめぐりあいたいばかりにな。〝光魚〟を釣れば、わしはもういつ死んでもいい。

古文書に『〝光魚〟歳星の如く光を放つ。夫《そ》れ鯤《こん》とも称《い》いて瑞兆《ずいちょう》となす。獲りて食膳《しょくぜん》に供《きょう》するは地仙《ちせん》のならいなり』と記されておる。つまり食べられるというのだ。しかも、食べれば仙人のように永遠の生命を得られ、あらゆるのぞみがかなうと書かれている」

「そんなのお伽話《とぎばなし》だよ」と豪人は相手にしない。

「そうかもしれん。だがな、意外とそうでないかもしれん。わしがこのように気力で長生きできたのは、その〝光魚〟にお目にかかりたい一心でな。これもご利益《りやく》というものじゃよ。

人間はなんでも、希望や目的があってこそ生き甲斐《がい》をつくれるものだからな」

「でも、もし〝光魚〟がいるとして、いったいなにを食べて生きているんだろう？」

「そこじゃよ。わしが知りたいのは、〝光魚〟を釣るエサじゃや。それさえわかれば、いつなんどきでも〝光魚〟を誘い出して、釣り上げることができる。なんとか、知りたくてありとあらゆる本を調べた。

そしてがっかりした。〝光魚〟のたべものは形のあるものではない。エネルギーとかいうたな。つまり、この自然界の精気を吸っとるようじゃ。カミナリとか、風の出す力とかな……」

この夢物語をききながら、豪人は小舟の中で、しきりに釣れた魚をよりわけている……こどものように無邪気な、この老人の一生にほほえみながら——

◇豪人が〝光魚〟にあういきさつ

佐助じいさんは毎日沖釣りに出掛けた。十年前、さいごに出遇ったという〝光魚〟の釣り場——といっても海の上だが——へ漕《こ》ぎ出すのだ。

ある日、台風が見舞った。荒れ狂う波間に、かすかに座礁《ざしょう》した伝馬《てんま》船《せん》が見えた。佐助じいさんと豪人は、伝馬船の人人を救いに、小舟を出した。じいさんは人命救助の上でも、表彰されたことが随分あった。

伝馬船から二、三人の女子どもをのせ、岸にかえるとき、小舟に浸水した。力がつよく泳ぎのうまい豪人は、とっさに海へとびこみ、舟を軽くし、自分は舟を押して泳ぎ出した。

なんとか、女子どもだけでも無事に救助できれば、とその一心で必死に押した。

そのときだった。豪人が〝光魚〟に出遇ったのは。

まっくらな虚空から光る物体がさーっとおりて来て小舟のすぐ頭上へ来た。見上げると、まっ白な光を放つ、大きな魚だった。なんと空中を泳いで近よって来たのだ！

あっとおどろいたはずみに、豪人は舟から波にのまれ、ほんろうされながら岸へ打ちあげられた。

「みんなを助けなくては、助けなくては」気を失いかけた豪人は、しきりにうわごとをくり返した。彼の心にはげしく人間愛がもえ上った。

何時間たったか、豪人がふと気がつくと、目の前の空中にあの〝光魚〟がいるではないか！　かれが気を失っているあいだ、じっとかれのそばにいたのだ。なぜ？　どうして豪人につきそっていたのだろうか？

無我夢中で、豪人は〝光魚〟にとびかかった。そして胴体にむしゃぶりついた。〝光魚〟は光の粉をまきちらし、ものすごいスピードで逃れようととび上った。荒れ狂う風と雨の中を、豪人と〝光魚〟は死にものぐるいの飛行をつづけた。

ついに〝光魚〟はぐったりとなって、疲れ切ってまた岸へおりてきた。

「〝光魚〟を捕えたぞ！　ほんとに〝光魚〟は実在したのだ！」

豪人は、興奮して叫んだ。

「おじいさんに、見せたら、どんなにおどろくだろう。〝光魚〟をたべさせたら、きっと最高によろこぶぞ」

「助けてくれないか。助けてくれたら、きみになんでもしてあげる」

と魚が云《い》った。

「魚がものを云う！」豪人はおどろいた。

「私はマゴスという名だ。魚ではない。こんな姿をしているが、じつは、きみたち人間にもっと近いんだ。

いや、きみたちにできない力をいろいろもっている。助けてくれたら、きみにも力をわけてあげよう」

魚は、口をうごかさず、テレパシーのように豪人の心の中に話しかけた。

豪人は手をはなした。マゴスはぐったりとなっている。

「このままでは死んでしまう。私には、エネルギーがなくなったのだ」

「どうすればいいんだ」

「私に自然のエネルギーがほしい。そうだ、私を山の上の木の梢《こずえ》にしばりつけてほしい。雷のエネルギーをとる」

「おまえのような大きなものを山の上へもって上れるものか」

「私は、細胞をちぢめることができるのだ」

マゴスは、みるみる小さくなった。

豪人はマゴスをかかえて、山の上へ行き、いわれる通りにした。木に落雷し、そのエネルギーをとって、マゴスは元気が出た。

「ありがとう。これから、困ったときは私をよびなさい。マゴスと七回いえば、きっととんできて力をかそう」

こういってマゴスは、光のかたまりになってとんで行った。

◇二回目からの設定

◇豪人と、そのガールフレンドの恭子は、マゴスに乗り、飛行する。

さまざまな冒険。
◇敵。他の残忍悪らつな光魚との闘い。その光魚たちは、なにものかに支配されている。（それは人間——光魚を使って世界制覇《せいは》をねらう人物　でもよい。）
◇マゴスの能力をいくつか考える。
◇豪人と恭子は、マゴスに乗っているときは、マゴスの力で、超人化している。

この設定のもとに、豪人少年は、つねにピンチにおそわれ、絶体絶命の危機をくりかえす。

◇

このシリーズは、他の変身特撮《とくさつ》ものとちがう点は、敵との単純な対決を描き出すのではなく、その大きなテーマとして人類愛、生物への愛、地球への愛という命題がえがかれる。

人口過剰、食糧危機、人種問題、公害、生物の乱獲など、現代社会にわだかまる諸問題を、ヒューマニズムと感動で描くことが目的である。

幻想的な中にも、たんなる勧善懲悪《かんぜんちょうあく》ものにありがちな荒唐無稽《こうとうむけい》さをさけ、リアリティと、身近さをドラマの中に強調したい。

それが作者のねらいであり、番組の個性を生かすことになると思う。

◇

豪人少年は、この秘密をだれにもはなさないから、クラスでも、家庭でも、近所でも、まったく気がつかない。

しかし、世界の、どこか片すみで異常な事件がおきたとき、そこにとつぜん現れて事件を処理する怪人のいることは、世界中の人人が知っている。

それはニュースになり、人人は、人類の終末感から解放された気持になる。

しかし、光魚は人間の解放だけをのぞんだのではない。人間を含め、動物や植物、ひいては地球を、自滅から救うことを、この少年にかけたのだ。

◇**設定**

○豪人は、老人と姉との三人ぐらしである。姉は嫁入り前。明るくボーイッシュな性格。両親は事故で死んでいる。

○豪人は十四才。中学生。学力は普通。ただ数字によわい。体力は抜群。その明るく、こだわらないさっぱりした性格から人望はあり、ことに女生徒にもてている。これをねたむ級友もいる。

○かれのめぐりあう（光魚人として）事件はたとえばつぎのようなも

のである。
工場の大爆発の阻止。
ハリケーンまたはモンスーンの避難。
謎の伝染病の襲来。
航空事故、遭難。
地震、火山の爆発。
戦争の阻止。
恐怖兵器の実験の阻止。
小惑星、又はスペース・ステーションの衝突。
ハイジャック。
これらは、大規模な特撮的効果を、最小限の経費でまかなうような
ドラマ構成にしたい。

◇物語のプロット

豪人少年は、〝光魚〟の異常なエネルギーを受けるや、顔つきが光魚のようになり、耳は超音波をキャッチできるエラと化し、光り輝くエネルギー超生物となる。

光魚が持っている力――姿を透明にすることができる。細胞を巨大化、または縮小できる能力によって、からだを十倍、百分の一に変化させることができる。空を飛び、水中で生活できる……これらの力は、すべて豪人少年にそなわる。

また、かれは細胞の変化によって、容貌《ようぼう》や肉体などを、かなり変えることができる。

ただし、これらの能力はたった十分しか保《も》たないのだ。

十分たてば、光魚のエネルギーはまったく消え、ただの人間に戻る。

さらにエネルギーをのぞむなら、もう一度光魚をあらためて食べなければならない。

しかも、その光魚は、かれが正しく、勇敢に、人間愛に充《み》ちて行動をとらなければ、そのエネルギーを求めておりてくることはないのだ。

（原稿欠落）

にしたがって、私はおまえに食べられても不服はありません。」

「おまえは〝光魚〟ではないか！　人に話しかけることができるのかい？」

豪人は、魚の目をながめ、あっけにとられて叫んだ。

「私はただの魚ではない。だから、だれとでも意志を通じ合うことができます。

わたしは、おまえが出したエネルギーをたべにおりて来たのです。おまえは、頭からつよいエネルギーの波を出していた。それは、仲間のいのちを助けようとする、清《きよ》らかで、勇敢な心の叫びです。

私たちは、そういうエネルギーが最上のごちそうなのです。人間の出すいろんなエネルギーの中で、人間同士、愛しあい、助けあう気持の波ほどつよいものはない。私たちが地上近くおりてくるのは、それを見つけて、たべにくるのです」

豪人は、ぼんやりと訊《き》いていた。あまりの不思議さに問い返すことも忘れていた。

「さあ、私の肉をおたべなさい。私の力が、おまえにそなわります。おまえがその力を使って、どんなことをしてもよい。おまえは超人になれるのです。だが、私の肉の力は十分間しか利きません。おまえは、私が身を任せるくらい、りっぱな子です。また、私の仲間に何度もあえることでしょう。おまえが、仲間を救うため努力して、ピンチがおとずれたとき、私の仲間を呼びなさい。きっと空の上からおりて来てくれます。

私を食べたら、私の目だけはふたつ、大事に袋に入れてとっておきなさい。それをはだ身はなさず持って居れば、私の仲間は、安心しておまえのそばに来ます。もう、私は死にます。私が死んだら、ためしに私を食べるがよい。必ずおまえひとりで、なまのままたべなさい」

そういって、光魚はぐったりとなって息が絶えてしまった。

豪人は、暗示をかけられたように、死んだ光魚から肉を切りとり、口にほおばった。何度も、何度も。

豪人のからだに、異様なエネルギーが充ちあふれ、からだは白く光りかがやき、はげしい歓喜と亢奮《こうふん》がおそった。

彼は超人化したのだ。いや、光魚と合体したあたらしい生物に変貌《へんぼう》したのだ。

ファーブル昆虫記1

南フランスの農村の近くの森で、ファーブルが虫を捕っている。

木立から妙な子どもが顔を出し、ファーブルを見て逃げ出す。

ファーブルのすきを見て、彼が地面に置いておいた虫籠《むしかご》をたたきこわし、中の虫をとって逃げる。

ファーブルは怒りながら家へ帰り、家政婦に命じて食事をつくらせる。食事をとっている彼を窓ガラスごしに子どもがこっそり覗《のぞ》いている。男の子か女の子かわからないが、美しく整った天使のようにあどけない顔で、しかし薄汚れて服はぼろぼろ、明らかに浮浪児《ふろうじ》である。

翌日、ファーブルは再び森へ出て行く。

珍しい虫を捕えたファーブルは満足気である。それを虫籠に入れておいたら、またもや籠がこわされ、貴重な虫を持って行かれてしまった。今度はファーブルも本気で怒った。

悪戯者《いたずらもの》を捕えようと、わざとオトリの籠を木にぶら下げておく。しげみに隠れて見ていると、子どもがやって来て籠を長いこと眺め、いきなり叩《たた》き潰《つぶ》して中の虫を逃がす。

ファーブルは子どものあとを尾《つ》ける。立ち汚れた小屋が彼の棲家《すみか》らしい。ファーブルはそっと忍び込むが子どもの姿はなく、あたりにちらばった果物の食べ残しの臭《にお》いに思わず鼻を覆う。

ファーブルは思いついて弁当の中のアップルパイを小屋の中においい

ておく。

ファーブルは家へ戻り、窓際でアップルパイをゆっくり食べ続ける。いつの間にか窓の外に子どもが来て、食べているファーブルをじっと見ている。ファーブルはわざと入口をあけ、窓の外に向って、パイを見せびらかす。

子どもがそろそろと入口からはいってくる。ファーブルがパイを床に置くと、子どもは泥棒猫のようにそれをかすめとって、まっしぐらに森へ逃げて行く。

さらに翌日、ファーブルは作りたてのパイを持って森へ行き、木の下で食事を始める。近づいて来るリスや小鳥に、ファーブルはクルミやイチゴを与える。いつの間にか子どもも近づいてきて、じっとうかがっている。ファーブルは笑ってパイをさし出す。子どもはひったくって、ガツガツと食べ始める。

ファーブルが名前や素姓《すじょう》をたずねても、子どもは一言も答えない。困ったファーブルは携えたバッグから自分で描いた蝶《ちょう》や蜂《はち》の絵を出し、子どもに見せる。子どもはじっとそれを見つめ、不思議そうにファーブルを眺める。その眼の澄んだ美しさ。

「わしは、虫を捕って殺しはしない。こうやってスケッチをしてまた逃がしてやるんだよ」

ファーブルはそう言って、巧みに蝶の絵を描いてみせる。

子どもはファーブルから紙と鉛筆をひったくって、自分も描き始める。見たこともない美しい虫である。

「お前、それを見たのかい。どこにいる虫なのか教えておくれ」

しかし、子どもは答えない。

「でたらめなのか」

ファーブルはがっかりする。

森に時ならぬ雨がザッと降り出す。ファーブルはあわてて近くの洞穴に隠れる。子どももとびこんでくる。

二人で長いこと雨宿りをしている間に、ファーブルは子どもとやっとうちとける。子どもは初めて口をきき、自分の名を「フェゴ」と教える。ファーブルは子どもがぬれた服を脱いだ姿を見て肝をつぶす。彼はまさに男でも女でもなかった。マネキンのように身体全体がなめらかで作りもののようである。

しかも干した服は、汚れが雨で洗い流されてみると、まさしく絹のような極上の生地でできていた。この子どもは並の身分ではないのだ。フェゴはファーブルに心を許して、しきりに彼の家を訪ねるようになった。

ファーブルは自分のコレクションを見せた。フェゴはファーブルの描いた絵や模型や植物の標本をむさぼるように眺め、しきりになにか言うがどこの言葉ともとれない。家政婦は、きっと外国から逃げてきたジプシーだろうと言う。ファーブルは彼を助手にしたいと彼女に打明ける。虫に大変興味を持っている、それだけでもファーブルにとっては貴重な仲間なのだ。

ファーブルはフェゴに小ざっぱりした服を着せてやり、言葉も教え込む。

彼はフェゴと森へ行き、蟻塚《ありづか》やカゲロウやカマキリなどを見せ、図に描きながらその虫達の生活をたんねんにフェゴに話してきかせる。一つの話が終るとフェゴは熱心にさらに別の話を望んだ。

フェゴはとりわけ蟻や蜂《はち》の社会に興味を持ち、ファーブルはついに村の養蜂家《ようほうか》の蜜蜂《みつばち》の巣箱まで見せに行くはめになる。

蜂の奇妙な社会生活を話したあと、ファーブルはフェゴに語る。

「この昆虫たちのふしぎな本能を見ているとわたしはダーウィンの進

化論を全く否定する気持になる。もしかしたら虫は、脊椎《せきつい》動物とは別の宇宙から来た高等生物ではないかという気がするくらいだ」

突然見知らぬ男（身なりは紳士風）が五、六人やって来て、「少年院から抜け出して来たやつだ」と言ってフェゴを無理やり連行する。

フェゴは馬車でどこかへ運ばれて行く。

フェゴのいなくなったファーブルの毎日は気が抜けたようだった。あの子はただの問題児だったのか？　今頃どうなっているのか？

そんなある日、ファーブルは森で珍しい昆虫に遭遇した。それは何とフェゴの描いたスケッチと全く同じ美しい虫であった。

ファーブルは、必死で捕えようとその虫を追っていく。何度も捕えかけたが虫は巧みに逃げ、ファーブルをいざなってどんどん遠くへ飛んでいく。

日が暮れ、夜が過ぎ、翌日もファーブルは虫を追っていく。

ロアール河の近くで、小さな城の庭へ虫はさまよい込む。ファーブルはこっそり庭へ入って虫を探すが、折悪《おりあ》しく庭へ出て来た庭師に捕まってしまう。

その庭師の顔は、フェゴを連れていった男たちの一人だった。「フェゴをどこへ？」とファーブルは訊くが、庭師は黙ってファーブルを引きずって主人の処《ところ》へ連れていく。

「虫を捕るならよそでやってくれ。ここは少年院で一般の人間には無用の所だ」

「少年院？　じゃあフェゴもここにいるんだろう？」

主人は――ルヴォール男爵と名乗った――ためらって、ぽつりと答える。

「あの子は死んだ。ここへ連れ戻してまもなく熱病で死んだのだ」

「あの子が？　本当なのか？」

ファーブルはがっかりする。

「せめて墓を教えてくれ」

「それはない。身内の人間がひきとって行った」

男爵の言葉にすっかり悲しみにくれたファーブルは、とぼとぼと裏口を出る。ふと中庭に干してあった洗濯物のような布に気づいて、ファーブルは思わず手に取って見つめる。それこそ、フェゴの着ていた、あのシャツの布地である。絹のような上等の織物――。

一人の小間使がその布をしまいに出てくる。ファーブルは小間使に聞く。

「一週間前、少年がここへ連れてこられたはずだ。こんな布地の服をその子が着ていたんだ。その子は死んだのか?」

「そんな子は見たこともありません」

「ここは少年院だろう?　もしかしたら地下かなんかにその子がとじ

こめられていたんじゃないか？」

「ここは少年院ではありません。地下では虫を飼っています。ご主人様は蝶《ちょう》を蒐集《しゅうしゅう》なさっておいでですので」

「その地下へ案内してくれ、わしも虫を研究している者だ」

小間使いは、お金を握らされてしぶしぶ地下へ案内する。

小間使いはさっさと上っていってしまった。ファーブルは目を疑う。大きなガラスの筒で飼われているのは、まぎれもなくあの美しい虫の群である。しかもその虫はキラキラ光る糸を出して繭《まゆ》のようなものをつくっているのだ。布地の正体はこの虫だったのだ！

地上で車の着く音がし、車の客と男爵が地下室へおりてくる。隠れるファーブル。

車の客はどうやら大都会から来た実業家タイプ。筒の中の虫を見て言う。

「この虫かね、あなたが発見したという新種は」

「その通りだ。この虫が、あなたに送った糸を作る。見事な布が織れる」

「うむ、この布を見て驚いた。これは最高級品のドレスの生地になる。わしの会社はこの生地の服飾品を大量に作って売り出すぞ。そのためには男爵、あなたの協力が必要だ」

「つまり、この虫を大がかりに養殖して一大産業とするのだな」

「そうだ。もちろんわれわれはお互いに大儲《おおもう》けだ」

男爵は一着のぬいぐるみのようなものを見せた。

「これなどどうだね」

「これは人間の皮ではないか?」

「この虫が織ったものだ。こんな技術を持っておる。これはこのまま高級な肌着になるだろう」

「これは見事だ。これが事業として動き出したら、新聞記者どもを集めて大々的なデモンストレーションをしよう」

「上で祝杯でも上げよう」

そして二人は上っていった。

ファーブルは筒に近づき、ガラスをこわす方法を調べる。

「可哀《かわい》そうに。あんな連中にお前たちの作る大事な糸をしぼりとられてたまるか」

地下室の鉄の桟《さん》を見つけ、それに綱をつけて天窓から外へ出す。ファーブル自身も屋外へ抜け出して、天窓から出ている綱のはしを表に止まっていた馬車の心棒に結びつける。

馭者《ぎょしゃ》に頼んで馬を走らせ、ぴんとはりつめた綱を切る。切れた綱は地下室の鉄の桟を釣鐘《つりがね》の撞木《しゅもく》のようにガラスの筒めがけて衝突させる。

ガラスの筒は音をたてて割れ、客室にいた男爵と実業家サロモン氏は驚いて地下室へ。

木っ端《こっぱ》みじんに砕けた筒の中から、一匹残らず虫が天窓へ羽ばたいて逃げて行くのを見つける。

「表だ！　一匹も逃がすな！」

ファーブルは天窓から飛び立って行く虫たちを見て、ほっと一息。サロモンは自動車、男爵は馬で虫を追う。こっけいなカーチェイス。ついに一匹も捕えられず徒労《とろう》に帰《き》する。

郊外で一休みしているファーブル。夕闇《ゆうやみ》がせまる頃、どこからともなく子どもが現れる。

「フェゴではないか！」

「ファーブルおじさん、フェゴです。さっきはあなたに助けていただきました」フェゴは片言《かたこと》でファーブルに礼を言い、「お礼に、私たちの家へご招待します」

フェゴに導かれて行ったのは小さな沼である。沼のほとりの抜け穴へ入る。沼の底の中心へ穴はつづいている。

フェゴの家はなんと、蜂《はち》の巣のような形の小部屋が並び、そしてその上驚くべきことに、ふしぎな装置や道具の前でたくさんの虫たちが働いているのだった。

「ここは私の乗物。大昔、私たちの先祖がこの星へ来たことを知って調べにきたのです。ファーブルさんが私に見せてくれた蜂や蟻《あり》は先祖そのままの姿です。

この世界では脊椎《せきつい》動物が進化して、私の先祖たちを凌《しの》いでしまったけれど、脊椎動物の一番進化したあなたたちの心さえ優しければ、この星の私たちの仲間はきっとあなたたちに迷惑をかけず、静かに暮らしつづけるでしょう。

私たちは体液で糸をつくって繭《まゆ》にします。あなたたちを驚かせないようにあなたたちの姿に似せてつくった皮で体を包んで調査に出た時、あの悪い人に大勢がつかまってしまい、私だけが逃げて、あなたの家の近くをさまよっていたのです」

フェゴは片言《かたこと》でファーブルに打ち明けた。

彼等《かれら》はもう自分たちの世界へ帰る時が近いと告げる。そして、できたらファーブルの描いた地球の虫たちのスケッチをゆずってほしいと頼む。

ファーブルはスケッチを自分が持って来ようと言うが、フェゴは同行すると言う。

しかし、そこにはサロモン氏と男爵が手ぐすねひいて待ち構えていた。ファーブルが居間でスケッチを揃《そろ》えている間にサロモンの部下は家をとり囲んだ。逃げるフェゴを猟犬が追い、かみついた。

その時、森や草原からスズメ蜂《ばち》やイナゴや甲虫など、無数の昆虫が人間や犬に襲いかかり、ところかまわず刺して彼らを追い払った。サロモン氏も男爵も重傷を負って倒れた。

死にかけているフェゴはファーブルに頼んだ。

「虫を愛することを、あなたの子孫や世界中の人間たちに教えて下さい。あなたならできます。

わたしの体は、あの洞穴の中へ埋めて下さい。森の中で私の仲間を見守っていたいのです」


ファーブルは目覚めた。雨宿りしていた洞穴の中で眠ってしまっていたのだ。フェゴが美しい虫であったことは一切夢だったのだ。では、森で会ったフェゴは何者なのか？

ファーブルは、現実にフェゴがいたと信じた。そしてフェゴの遺言《ゆいごん》通り、一生かかっても昆虫の世界の素晴らしさを子どもたちに伝える書物を書こうと心に決めた。

＊虫の世界のドキュメントフィルムは、ファーブルがフェゴに虫を観察させながら話す部分にふんだんに入れたいと思います。養蜂《ようほう》のシーンなどにも入ります。

ラストシーンは、多分さまざまな虫の生態フィルムとアニメのファーブルの合成による詩的なクライマックスになると思います。

ドキュメントとアニメの比率は4対6、もしくは半分ずつぐらいです。

ファーブル昆虫記２

ある奇妙な国、羽の生えた住民が住んでいる大都会。いましも何人かの女王の候補者がいくつかの王房から現れ、たちまち凄惨《せいさん》な決闘がはじまる。死をかけた勢力争いである。殺された女王候補者は群衆によって捨てられ、町は何もなかったように秩序正しい生活がはじまる。

住民たちはそれぞれの職責《しょくせき》を忠実に守っている。子どもの世話をする者、収穫に出る者、エア・コンディションのために働く者。やがて大勢の男性の中から一人が選ばれて女王と共に新婚旅行に出る。そのあと、すべての男は皆殺しにされてしまう。また、初夜をすごした男も妻である女王に殺される。

女王はやがて赤ん坊を生む。赤児は特別な王房で育って行く。その時、突如として巨大な敵の侵略にあう。多くの住民や兵士が獰猛《どうもう》な敵兵と戦って死に、しかしついには都会は守り切る。

王女は大きく育ち、やがて女王候補者として母女王の座を狙《ねら》いはじめる。母女王は娘のために王座をあけわたす決心をする。そして何千かの自分を慕う人々をつれて、大都会から旅立って行く……。


南フランスの田舎町《いなかまち》。

ファーブルが自分の息子達に今の話を聞かせ、これは実際に蜜蜂《みつばち》の世界では常に起っていることだと説明する。

四男のジュールだけは興味を示さない。

ファーブルは子どもたちを養蜂場《ようほうじょう》へつれて行き、本物の蜜蜂の生態を見せる。

ファーブルはジュールをことに愛していたし、ジュールもファーブルを父として慕っていたが、なぜか虫のことや自然界のことについてはほとんど関心がない。

そのはずで、ジュールは学校で、腕白《わんぱく》仲間から貧乏人と呼ばれていたのである。

そのためジュールは将来技師になって儲《もう》け、貯蓄をすることが念願だった。父を尊敬はしていたが、虫を調べることなんか一文《いちもん》にもならないと思っていた。

そんなジュールを悲しそうにファーブルは眺め、やがて、彼に読ませるために、ジュールという少年の登場する『科学物語』という本を書く。

ある日、突然ファーブルはパリから文部大臣の招聘《しょうへい》をうける。断ったが、どうしてもパリへ来い、来ないと処罰するという手紙。仕方なくファーブルはジュールをつれて文部省へ出むく。

文部大臣は、なんと、かつてファーブルが教師だった頃の視察官だった。彼はファーブルにレジオン・ドヌール五等勲章を授けた。

「君はすばらしい研究家で学者だ」

文部大臣デュルイが言い、「何か私にしてほしいことはないか」

「何もありません」と答えたファーブルをジュールはうらめしげに見た。

「お金をどっさりとか、立派な研究所を、とか言えばいいのに」

「では、ワニの剥製《はくせい》を下さい」とファーブルはねだった。「それを家の中に吊《つる》します」

大臣は目を丸くして呆《あき》れた。「博物館を見たくないのかね」

「私にとって、くにの自然はそのまま博物館です、閣下」とファーブルは断った。

翌日、ファーブルは他の選ばれた名士たちと一緒に、豪華な宮殿でついにナポレオン三世に拝謁《はいえつ》した。他の人々は着飾り堂々としていたのに、ファーブル一人はみすぼらしく、孤独であった。

皇帝はファーブルに、「皇太子の科学の家庭教師にならないか」と持ちかけたが、それすら彼は断った。

ジュールはがっかりした。

しかしファーブルは、南フランスへ帰ってから、いっそう昆虫や植物の観察にせいを出した。ジュールは、父が子どもたちのためにお金を残すことを考えていないのじゃないかと母に訴えた。

夫人からそれをきいたファーブルは、ジュールを農地へ連れて行き、こっけいなタマオシコガネと精悍《せいかん》なカリウドバチの生態を見せて説明した。二種とも、自分の子どもを育てるために糞玉《ふんだま》をつくったり、芋虫を狩ったりして必死で働いているのだ。生きものはすべて子孫のためにせいいっぱいの献身をつづけているのだと、それとなく知らせるのだった。賢いジュールは父の言いたいことを察した。

ジュールは、次第に虫の観察の手伝いをするようになった。

ある日、隣町の婦人会に講演に行ったファーブルは、婦人達の前で生物の生殖の話をしてしまった。

そのような話は、カトリックの信者や僧にとってはタブーだった。ファーブルはさんざん非難され、嘱託《しょくたく》だった博物館もやめさせられ、おまけに住んでいた家も家主に追い出されるはめになった。

貧しく、孤独なファーブルはそれでもくじけなかった。子どものための本を書きながらジュールに虫の話をしつづけた。

たまたま独仏《どくふつ》戦争が起きた。ジュールは、庭で蟻《あり》が戦争をして殺し合っているのを見て、なぜ戦争がおきるのかと父に訊《き》く。

ジュールは、いつしか見知らぬ国へ迷い込んでいた。その国の人達はよく働いた。キノコを栽培したり、牧場で牛の乳をしぼったり……それらは、飢饉《ききん》の時のためにたくさんの倉庫に貯められた。託児所では大勢の子どもたちが大事に育てられていた。

一方、もう一つの国は、あたりの国をどんどん併合して、そのリーダーである総理大臣がわざといやがらせをして、ジュールの国に戦争をしかけさせるようにたくらんだ。

戦争が起ると同時に、ジュールの国はあっという間に負けて、その都は敵軍に踏みにじられ、せっかく貯めた財産をすっかり略奪されてしまった。それでも、ジュールはその都の人を集めて頑強に反抗した。ゲリラ組織がつくられたが、それもやがて敵軍に殲滅《せんめつ》され、ジュールは捕えられて敵の法廷に引き出された。

ジュールは侵略軍の無法さを堂々と非難した。しかし、ろくに審議もされずに、断頭台へ引き出された。

ファーブルの声にジュールはわれに返った。

「戦争は侵略と利益の奪いあい以外、なにもないのだ。損をするのは一般の人たちだけだ。ちゃんとしたあたりまえの理屈はとおらないのだよ。蟻《あり》の戦争だって同じさ」

ジュールは思わず一方の大蟻の群を靴で踏みにじった。

まもなく、ドイツのビスマルク首相が、フランスに対して戦争をしかけて来た。そして、またたく間にパリは占領され、ナポレオン三世はドイツに捕えられてしまった。

ジュールは、その頃病気になった。

病床でジュールは叫んだ。「フランス万歳！　きっと、フランスは勝つよね」

しかし、ニュースは、パリ市民が起ち上がってパリ・コミューンを組織したと伝えた。その反抗組織も、やがて、ドイツ軍に鎮圧されてしまった。

ジュールは床の上で泣いた。ファーブルは、やさしく、取って来た蝶《ちょう》を彼に与えて言った。「毛虫は脱皮して美しい姿になる。フランスもきっと脱皮するよ」

ジュールの病気は再生不良性貧血という不治《ふち》の病だった。それでもジュールは、せいいっぱい父と共に昆虫の観察に協力した。フンコロガシが、丸い糞玉《ふんだま》ではなく、ナシの形をした特別な玉をつくってその先に卵を産みつけることもジュールが見つけた。

しかし、ジュールは何年か後、ついに危篤《きとく》状態となった。

「お父さん、ぼくはきっときれいな虫に生れかわってこの農園を飛ぶよ。そしたらかわいがってね」そう言い残してジュールは死んだ。

ファーブルは、ジュールをかき抱いて泣きつづけた。


ジュールの死後、ファーブルはペンをとって、自分とジュールが調べた昆虫の生態を本にしようと原稿を書き始めた。題名は『昆虫記』——四十年たった。『昆虫記』は売れに売れていた。フランス大統領レイモン・ポアンカレが、九十歳になったファーブルを訪問して、『昆虫記』にサインしてくれと頼んだ。

ファーブルは、サインに自分の名と共にジュールの名も書き添え、大統領に差し出すのだった。

その栄誉の日の後、老いたファーブルは夢の中で、無数の虫たちが彼を祝福してダンスしているさまを見ていた。虫たちはファーブルを誘い、ファーブルは背に羽をつけて彼等《かれら》と共に天上へ上っていった。

ユニコ

どこから来たの　ユニコ

どこへ行くの　　ユニコ

だあれも知らない

ひとりぼっちのユニコ

あなたの愛が

ユニコをあなたにあわせます

B4　20×20

ある夜、
一匹のふしぎな動物がとぼとぼと丘の上を歩いていました。

つかれはてて、おなかがぺこぺこでした。今にも倒れそうです。

ノう太がなにか食べています。動物が近よると、吠《ほ》えかかって追っぱらいました。

フクロウが、えさだと思って、おそって来ました。動物はおどろいて逃げまわり、フッかれて、死にものぐるいで、みぞへ逃げこみ

コクヨ

ました。

「おい おまえはなんだ！」 みぞの中で、えさをあさっていたノネズミが、ネコとまちがえて、ちぢみ上りました。

「ひょうだんじゃないよ。 こんな所へ飛びこんできて……」

「たべものを下さいな」

「たべものをくれ？ 世の中不景気なんだぜ。 うちだって子どもが五匹もいるんだ。 おまけにおれのかみさんは悪い毒を食って、死

B4　20×20

んじまったしよ……」

とブツブツいいながら、　袋の中から拾い集めたものを一つ一つづ（ず）つ出してまえる人のよいノネズミなのです。

「一つぐらいはうちの子に残してやらにゃア……おまえさん流れ者たな。　ところへ行くんだ」

「行く所がないの」

「しようがねえな。　それじゃア。　おれんちへ来（来）いっていうのを待ってるようなもんじゃ

コクヨ

ないか。」

　ノネズミは巣へ案内しました。　五匹の子ネズミは、一つぶえさを五つにわけてもらってむさぼり食べました。

「おまえ名はなんてんだ」

「わかんないの」

「家主人は、たいがい知らぬ存ぜぬで通すもんなが……　おまえさんはどうも本当に。記憶喪失症らしいや……　おれの友達にララって子がいるんだけどよ。　その子がたしか動物図

B4　20×20

鍵を持ってたっけな…」

ノネズミは、ララの家へ連れて行きました。ララはちいさなみすぼらしい小屋に住んでいる人間の女の子ひした。

ララは、おまけに、病気で寝ていました。

彼女はびっくりして、その動物を見つめました。

「なーに、その子。ヤギなの？」

「そいつが、どうもわかんないんですがね。覚えをしらべてもらえませんかい」

コクヨ

女の子は手をのばして本棚から動物図鑑を
ひっぱり出して、ページをめくりました。
「ライオン……クマ……カモシカ……馬……な
いわね。その子」
ノネズミはがっかりしました。
「きっと珍しい動物なんだわ。そうだ、な
んかのお話の本で、つのあるお馬の話読ん
だわ。たしか、ギリシャ神話だったんだわ」
少女は別の本をさがしました。
「これよ！　あったわ。一角獣《いっかくじゅう》よ。ユニコ

B4　20×20

ーンなわ」

「ユニコーン…」動物はハッと目を輝やかして「そう…ぼく…ユニコ！」

「ほっ、やっと思い出しやがった。おさんの名かい？」

「ギリシャ神話にでてくる動物で」先は読みつづけました「正直で気が小さくて、人間にはめったに姿を見せないんだって。でも摩(魔)法を使えて、いろんな力をもってるんなってー」

コクヨ

「へえ、どんな力ない？　たべものを集めてくれる力はあるのかい。ユニコ？」

ノネズミはひやかしました。

「まあ、そんな力がありゃ、世の中らくなろうけどさ。」

「すこし……おぼえてる……ぼく……たれかに捨てられたんだ。」

「へえ、たれに？」

「たれかわかんないけど、人間とつきあうと、また、どこかへ捨てられちゃうんです」

B4　20×20

ユニコはそういって、とぼとぼと出て行こうとしました。

「待ってったらよ。そう、思いこむこともないんだろう」

「そうよ。あたしん所にいらっしゃい。ここなら、だれにもめからないわよ」

その夜、ララは、ユニコをこっそりベッドの下に寝かせてやりました。

夜があけると、空はまっくろにくもっていました。

コクヨ

ここは、お日さまが一日も照らない、灰色
の町なのです。
なぜかというと、とおくの大きな工場のけ
むりが、空一ぱいにつつんでしまって、すこ
しもきれめがないからでした。
少女はおじいさんと住んでいました。おじ
いさんは植木や花をつくっていましたが、こ
の灰色の空のために、花もさかないし、植木
も枯れてしまうのです。
工場は、まるで大きな蛇をはき出すようん

B4　20×20

煙突(突)からたえず煙を出していました。

　おじいさんは毎日工場へ出かけて、　かけあうのですが、　かならず追い出されてもどってくるのです。

　少女の病気もそのためでした。

　ユニコは、　ララがユニコをないてくれたことを心から感謝しました。　そして、ララのためには、　どんなことひもして助けてあげたいと思いました。

　「お日さまのあかたかく照った。　あかるい

コクヨ

南の島で、思うぞんぶんあそびたいわ。」

少女は、歩けぬからだを悲しそうに見つめて言いました。

「ぼくにつかまっていらっしゃい」

ユニコは、急に姿をかえ、つばさをはやした馬になって、ララをのせて海へとび上りました。

そこは南の島でした。花がいっぱい咲いて美しい鳥が歌っている楽園でした。

㊀歌
ララとユニコはそこで一日あそびました。

B4　20×20

しかし、二人が帰るところを、空をとんでいる西風に見つかってしまったのです。

西風は、二人を追いかけました。

しかし所の所で、おおっているくろい雲にさえぎられて、見失なってしまいました。

西風は、黒雲にたのみました。

「どいて下さいな、少女の乗った馬があなたの下にいるんです」

「どくものか。おれはここに居坐《すわ》っているんだ」黒雲は答えました。「あの女の子が病気

コクヨ

で死ぬまで、とうせっておおっていてやるん
だし。
「私は西風のゼフイルスというものです。
あの馬は、エニつといって、人間とつきあう
と、その人間を幸福にしてしまうので、わた
しが見はっているのです」
西風は話し出しました。
「美の女神さまのビーナスは、たいへんし
っと深(深)いおかです。
美しい人が大きらいなのです。だから、ここ

B4　20×20

コが人間を幸福にしたり美しくしたりしないように命じられたのです。」

「それなら心配はないよ。あの女の子は死ぬぜ。きっと死ぬさ。煙はせせらわらいました。

ウラは、せきこむことが多くなり、いってそう青い顔になって、元気がなくなってきました。

ユニコは、ノネズミに相談しました。

「ここいらに川はないの」

コクヨ

「大きな川がそこにあるが、　工場から出るきたないものがまじってて、　とてもえさなんかひろえないよ」

「そこへ連れてって下さい」

ノネズミは、　川のほとりへユニコを案（案）内しました。

ユニコは、　みるみる角《つの》を大きくして、　川のつつみに穴をあけはじめました。

　穴はどんどん深くなり、　とうとう工場のところへつきぬけてしまいました。

B4　20×20

ユニつは、あつけにとられたノネズミをよ
そに、川ブつみをこわしました。
川の水が穴へ流れこみ、ふん水のようにエ
場へふき出しました。
人間たちは、大あわてで穴をふさごうとし
ました。けれども穴はどんどんくずれて大き
くなり、とうとう水びたしになった工場は、
使いものにならなくなりました。そして、煙
突は、かたむいて、こわれてしまったのです
。

コクヨ

人人は、その工場が使いものにならなくなったことを知ると、それを捨てて、いなくなってしまいました。

煙突の煙がなくなりました。

お日さまがさっと輝きました。

草花が元気を出して、のびのびとよみがえりました。

おじいさんは、とび上って喜(喜)びました。

しかし、少女は、もう、手おくれでした。

あたたかい日光をうけても、かすかにほほ

B4　20×20

こんななけで、もう、ものあいう力もありません。

　それでも、ユニコは、なんとか助けようと思いました。しかし、空の上では、西風がじっとやよるを見つめているのです。广(魔)法を使えば、その光はすぐ西風にわかってしまいます。

　しかしユニコは、西風につかまるのを承知の上で、さいごの广法を使いました。

　ユニコの角から虹(虹)のような光の輪がかがやき、ララの体をつつみました。

コクヨ

長い長い間、　光の輪は光っていました。光が消えたとき、　ユニコの姿はもうありませんでした。西風がさらっていってしまったのです。

ララは目をあけ、　そっとおき上りました。え気がわいて来ました。　ベッドから立ち上りました。なんと！　手足もからだも動けるのひす！(魔)方法の力で病気はすっかりなおっていたのひす。

「ユニコ！　見て！　治ったわあたし！」

B4　20×20

ララは、宇(有)頂天になって叫びました。が、ユニコはどこからも答えませんでした。

まるまる太った子ネズミたちの前へ、いっぱいえさをかかえて帰ってくる！ネズミ。

「あいつ……またどっかへ行っちまいやがった……いいやつだったが、旅ガラスなんだなあ」

美しい夕焼、とおくの空の果を、ユニコをかかえた西風がとんでいました。

コクヨ

ユニコ魔法の島へ

ある村に、チエリという美しい娘がおりました。

働き者で正直な父親と、やさしい母親のもとで、それほどゆたかではないけれど不自由なく育っていきました。

しかしチエリには悲しい思い出がありました。三つ上のにいさんのトルビーが家出してしまったことです。二人の兄妹は、幼いころはほんとに仲よしで、トルビーはよくチエリを可愛がりました。

でもある時、トルビーは突然、父親に叱《しか》られて家をとびだしてしまったきり、行方不明《ゆくえふめい》だったのです。

冬のさなか、深い雪の中をチエリは町までお使いに行きました。パン屋でパンを買い、さみしい林の中へさしかかったとき、草むらになにかちいさいけものがうずくまっていました。

「そのパンをください……」

見ると、足を折ったユニコーンが倒れていたのです。

チエリは、自分のぶんのパンを全部ユニコーンにやりました。

そのユニコーンは、足を折って倒れたまま一週間も雪だけ食べて生きてきたのです。

元気が出たユニコーンは角《つの》の光を出して、空に合図すると、ユニコーンの親が二頭空を飛んできました。

チエリを見るや、怒りくるった親馬はおそいかかってチエリをくわえ、空高く飛びあがって落とそうとしました。

「待って、おとうさん、その子はぼくを助けてくれたの」

と、ユニコーンの子どもが叫びました。

それを聞くと、ユニコーンの親たちはいそいでチエリを地上へおろし、深く首をうなだれてあやまりました。

「申しわけありませんでした。私たちは、人間にさわられたり、馴らされるのが大きらいなのです。

でもあなたは、うちの子を救って下さいました。いつか、きっとご恩返しをいたします」

といって、飛んでいってしまいました。

大雪の晩、戸をたたく音がして、だれかがチエリの家へはいってきました。

「まあ、トルビー！」

とおかあさんが叫びました。チエリが大いそぎで出てみると、それはにいさんでした。

「戻ってきたんだね。よかったよかった。さあ火におあたり」

と、両親が暖炉の前へ座らせました。チエリはにいさんをじっと見つめましたが、トルビーは冷たい目つきをして、すっかり顔つきも変わっていました。

「おまえは、おもちゃが好きだった。あの日おまえは町へ行って高いおもちゃをぬすんできたのだ。わしはおまえを叱《しか》りつけて、返してこいとどなった。おまえは、そしてとびだしたきり、戻ってこなかったんだよ」

と父親がいいました。

「そうだ。それからおれは、あちこち渡り歩いたあげく、魔法使いの弟子になったんだ。そして、そこでどんなおもちゃでもつくれる職人になったのさ！」

「魔法使いの弟子ですって？」

と母親が驚いて叫びました。

「そうさ、ククルックという魔法使いの先生だ！」

トルビーは、粉をふりかけて暖炉の火の色を青や緑に変えてみせました。

「魔法の職人になったって、ろくなものはつくれん。それよりわしの仕事を手伝っておくれ」

と父親が不機嫌にいいました。

「いやだ。おれは、ククルックに命令されて旅をしてるんだ。あしたにでもこの村をおさらばしなきゃならねえ」

「そんな！」

母親はひどくがっかりしました。

その夜、トルビーとチエリは久しぶりにいっしょに寝ました。はじめかたくなで陰気だったトルビーも、チエリの顔を見ているうちにしだいに昔のなつかしさがよみがえったのか、やさしくチエリの髪の毛をなぜたりしました。

「にいさん、どこへも行かないで！　おねがい」

「だめだ、おれはククルックの弟子だ。それにおれは、おやじもおふくろもきらいなんだ！　この村のやつらもだ……」

「あんなに、やさしいおとうさんとおかあさんなのに……」

「だれにもいわないと誓うなら話してやる。おれは〝生き人形〟をつくっているんだ」

「生き人形ですって！」

「そうだ。人間を魔法で人形に変えて、どんな命令にも従うようにするんだ。ククルックさまの命令どおり動くのだ。

だがチエリ、おまえだけ除外してやるぜ。そいつが兄妹のなさけさ」

トルビーは、袋から砂を出してまきました。

「眠れ、眠れ、サンドマン」

ぐっすり寝こんだチエリが起きたのは、なんと三日のちでした。

しんとした家の中に人の気配はありません。居間へ来たチエリは、叫び声をあげました。両親が二人とも、木の人形に変えられてしまっていました。そして、トルビーの姿はありません。

泣きながら外へとびだすと、村は悲しみにつつまれていました。

ほとんどの家の人たちが、みんな、木の人形になってしまったのです。

わずかに無事だった人々が、人形にすがって泣いていました。お巡《まわ》りさんや医者が汗だくで調べ廻《まわ》っていました。

「チエリ、おまえは助かったのか！」

と医者が叫びました。

チエリの両親を調べ終わった医者は、

「こんな病気ははじめてだ。これはきっと悪魔の仕業《しわざ》にちがいない」

とためいきをつきました。

「どうやったらもとに戻れるのか……もう、三十いくつもの村で、これと同じ事件がおきているのだが……なおしようがないわい……」

チエリは、泣きながら、どうしてもトルビーのことがいいだせませんでした。でも、心の中できっとにいさんを捜しだして、なおし方をききだそうと思いました。

チエリが家のカギをしめ、とぼとぼと村を出たとき、草むらから、

「連れていって下さい！」

ととびだしたものがあります。

見ると、あのときのユニコーンの子どもでした。

「ご恩返しをするときがきました。さあ、ぼくがお供《とも》します。ぼくの名はユニコ。あなたに親切にしてもらったおかげで、あなたのためならどんな力でも出せるのです！」

「にいさんを捜すのよ」

「行きましょう！」

二人は野こえ山こえ旅をつづけました。あちこちの村で、〟生き人形〟事件がおきていました。トルビーがたしかに立ち寄ったあとでした。チエリは必死になってトルビーを追いました。


かなりはなれた港町の酒場で、トルビーがやけくそぎみに酒をあおっていました。

そこへ、顔のまっ青《さお》な、見るからに死に神のような姿の船員が三人はいってきて、トルビーを囲みました。

「何人、生き人形にした？」

「千八百人だ」

「まだまだ足りん。ククルックさまは十万人の生き人形がお望みだ」

「ちくしょう！」

とトルビー。

「いったい先生はそんなたくさんの人形をなんに使うんだ」

「いくさを始めるのさ。人形の兵隊を十万人そろえるのだ」

船員たちは不気味な笑い声をたてました。

「ひとまず出港だ。人形たちを呼び寄せろ」

トルビーはふところから妙な笛を出して吹き始めました。すると、あちこちの街角や村々から、あの変身させられた〝生き人形〟たちが、ふらふらと動きだして歩き始め、港へ集まってきたのです。

港にはまっ黒な大きな船がとまっていました。生き人形たちは一列にその船へ向かって行進し、乗船し、船は帆《ほ》をあげて走りだしました。トルビーや船員たちもいっしょでした。

一日おくれて、チエリとユニコが港町へやってきました。ユニコは港の桟橋《さんばし》のねずみたちから人形を乗せた黒い船が出航したことを聞きだしました。その船にトルビーと呼ばれた若者が乗っていることも聞きました。

「にいさんですよ！　その船を追いかけましょう」

といってユニコはみるみる大きな天馬《てんば》になりチエリを乗せて海へ向かって飛びたちました。

ひろい海原は、どこを探しても黒い船は見つかりません。たまに浮かんでいる黒いものは、たいていクジラでした。

ついに、イルカから、黒い船が何回もある島から出入りしていることとを知りました。その島は〝ふいご島〟といい、島には魔法使いが住んでいるというのです。

「きっとククルックだわ」

とチエリは思いました。


ふいご島へついた二人は、とたんに、奇妙な人形たちにとり囲まれて捕虜《ほりょ》にされました。

魔法使いの館《やかた》、それはなにもかもからくり仕掛けでした。木や草や虫までが人形でした。二人はククルックの前へ連れてこられました。

「〝生き人形〟から、もとの姿に戻る方法を教えて下さい！」

とチエリはククルックにはげしく叫びました。

「それは教えるわけにはいかん。むしろ、おまえを生き人形にしてやろう。さもなければ、トルビーのように、おれさまの弟子になるかだ」

「ぜったいにいやです！　おとうさんや、つみもない人たちを人形にするなんて、ひどすぎます！　どうしても、教えて下さらないのなら、あなたとたたかいます！」

ククルックはびっくりして烈火《れっか》のごとく怒りました。

「こいつめ！　人形になれ！」

彼は指先から火花を散らし、電光をみなぎらせましたが、ユニコが必死になってチエリを守っているので、魔力がききません。

「トルビー！　妹が来たぞ、こいつを人形にしてしまえ」

ククルックの命令でトルビーが現れました。

「にいさん……」

「チエリ、どうしてここへ来た。おまえだけは助けてやったのに……」

「どうしておとうさんやおかあさんをあんな目にあわせたの？　もとどおりにして、おねがい！」

「もうおそい！　おれには、おやじもおふくろもいらねえんだ……おれは魔法の人形師になる……いまののぞみはそれだけだ！」

「妹からそのチビ馬をどけろ」

　とククルックが命じました。

「あたしたちをひきはなせるものなら、やってごらんなさい！　あたしたち、死んだっていっしょよ。心がむすばれているのよ。だれもそれは切れないわ!!」

　トルビーは苦しそうに、うめきました。

「きさまは兄ではないか。兄なのに妹をすきなようにできんのか！」

　ククルックは、トルビーをムチでなぐり倒しました。

「やめて！　にいさん！」

「小娘、きさまが何百回ここへ来たって、生き人形はもとに戻らんぞ！

　なぜなら、もとに戻す魔法はおれさまだけが知ってるのだ。おれさまはぜったいにそれをだれにも教えんからな、ワハハハ！」

それを聞くと、ユニコはチエリを乗せて、ククルックの館《やかた》を逃げだしました。

「追え、やつを生きて帰すな！」

とククルックが叫ぶと、あちこちから十二体の奇怪な人形がぬっと現れて、立ちふさがりました。生き人形ではなく、もっと巨大なからくり人形たちです。ククルックが魔法で命をあたえた怪物でしょう。

それらをあやうくやりすごして、ユニコは大空へ飛びあがりました。

熱気のゆらめいている果てしない沙漠《さばく》です。ユニコがチエリを乗せて砂丘を歩いていきます。

「この沙漠の先に、物知りのスフィンクスという怪物が住んでいるそうです。おそろしい怪物だけど、なんでも知っているから、生き人形をなおす魔法も教えてくれるかもしれません」

しかし、水が一滴もなく、焼けるような砂つづきでは、チエリは息たえだえです。ユニコははげましながら歩きます。

沙漠に日陰の岩山が見つかったとき、そこからスフィンクスがとびだしてきました。

「どこへ行く?」

「物知りのスフィンクスに教えてもらいに」

「それはわたしだ。わたしの出すなぞが三回解けたらなんでも教えてあげよう。だが答えられなければ、この場で食べてしまうよ」

といって、スフィンクスは質問しました。

「太陽といっしょに生まれ、太陽が消えれば死ぬもう一人のおまえはだれだ?」

ユニコは、チエリの足もとを角《つの》でさしました。

「それは影法師《かげぼうし》！」

「では上を見れば下にあり、下を見れば上にあり、左を見れば右にあり、右を見れば左にあり、見まわせばあいても見まわす。それで一生おまえに見えないものはなんだ？」

ユニコはハエのようにちいさくなって、チエリの頭のうしろにとまりました。

「わかったわ。頭のうしろ側です！」

「なるほど、では三問目だ。このわたしを空気にしてみせるがいい。手品も魔法も使わずに空気にしてみせろ」

これにはチエリは弱りました。ユニコは、そっとチエリにささやきました。

「できませんとおっしゃい」

「できません」

とチエリは悲しそうに答えました。

「できなければ食べてしまうぞ！」

「それが答えです。あなたは食う気になりました！」

とユニコが叫びました。

「でかした。よく三つとも答えた。わたしにねがいごとは何かね？」

「魔法使いククルックの生き人形の魔法を解く方法です」

「それはむずかしい。ククルック自身が呪文《じゅもん》をとなえなければ、魔法は解けんのだ。だがククルックにしゃべらせるには、太陽の王国の女王ウラニアにあうがよい。この先にある国だ」

「どうやったらあえるでしょう」

「それはおまえが考えることだ。ウラニアは……ククルックの母親なのだ」

太陽の王国は沙漠《さばく》の果ての大きなオアシスにありました。太陽をまつるピラミッド神殿がそびえ、絵本からぬけだしたような、それこそさまざまな姿形の生きものや人間たちが住んで賑《にぎ》わっていました。今日は年に一回の祭典の日で、国中の踊り子たちが競いあい、一等になった者はウラニアのおそばづとめができる特典になってました。

「チエリ、踊り子のコンクールに出て、ウラニアに近づいたら？」
「わたし、そんなに上手に踊れないわ」
「ぼくが魔法でくつと衣装に踊るようにしむけてあげますから。ほら、こんな風に」

ユニコが角《つの》の光をくつにあてると、くつはとびあがって、ひとりでに踊りだしました。

着かざった高官たちといっしょに、女王が祭典のテラスへ出てきました。

奇想天外《きそうてんがい》な、いろいろな余興があったあと、いよいよ踊り子たちのコンクールになりました。

おりしも夕日が沈みかけ、何十キロもの沙漠の溝《みぞ》の上に点火され、巨大な焔《ほのお》の絵が描かれていきました。

その中央の壇の上で、一人一人の踊り子が美しくも妖《あや》しいダンスをくりひろげます。

チエリの番がきて、ユニコの角の光があたると、くつと衣装はチエリを包んだまま優雅に踊りだしました。

夕暮れにまぎれて、踊りの舞台に近づいたのは、なんとトルビーです。トルビーは、ククルックの命令をうけて、この国にしのびこんだのです。

夢中になっているユニコを、いきなりうしろから毒矢でうちました。

ユニコはばったりと倒れてしまいました。

ユニコからの魔法がとだえたとたん、くつと衣装は魂を失い、チエリは茫然《ぼうぜん》。

うっとりと見入っていた群衆は、どよめきの声をあげました。

チエリは、とっさに、衣装をぬいでたいまつの火にかざし、もえさかる着物を両手に、はげしく踊りだしました。派手《はで》でスリリングな踊りを見た人々は、いっせいに拍手を送ります。

踊り終えたチエリは、まっしぐらにユニコのところへかけつけました。ユニコはぐったりと倒れていました。

「ユニコ、ユニコ、死んじゃだめ。あたしがきっと助けてあげる」

チエリは毒矢をぬき、傷口に唇をあてて、必死で毒を吸いとるのでした。

女王ウラニアが近づきました。

「そなたが一等じゃ。来るがよい。のぞみどおりのほうびをとらせよう」

「ユニコを助けてやって下さい。ほかになにもいりません。ユニコを死なせないで！」

泣きじゃくるチエリを女王は見つめ、

「宮殿の医師に診《み》せよう。なにかわけがありそうじゃ」

といいました。

女王の間《ま》で、チエリの身の上話を聞いていたウラニアは、ためいきをついて、

「世の中は、おなじようなことがおこるもの……そなたの話は、そっくりわたしにも通じます」

チエリは、手当てをうけたユニコをさすってやりながら、おどろいて女王を見つめました。

「わたしの息子のククルックは、ちいさいころから魔法の話が好きだ

った。しかし、やがて魔法の本や道具や毒薬をほしがるようになり、おしまいには、魔法のからくりでつみのない人をきずつけたり、おどしたりしておもしろがるようになった。

この太陽の王国は平和な国。でもククルックは、ひどく心がすさんで冷たくなり、やがて世界一の魔法使いになるためにとびだしていってしまった……。

一年前、ひょっこり戻ってきました。そして母親のわたしに国をゆずりわたすように要求したのです。自分が王位につけば、魔法でおそろしい政治を始めようと考えているのです。わたしは叱り、心を改めるようにさとした。息子はわたしをうらんで、この国を攻めるために生き人形の軍団を準備しているのです」

「あたしのにいさんのトルビーとおんなじですわ」

と、チエリがためいきをつきました。

「でもあたし、トルビーにいさんをにくんではいません。生き人形さえ、もとのおとうさんおかあさんに戻れば……」

「わたしもククルックがにくいのではありません。あの子の心がなおるのなら、わたしはいのちだっておしくないのです」

と話しあっている部屋へ、トルビーがしのびこんできました。

トルビーの手から発した火花が、あっというまに女王をおそいました。みるみる女王は木の人形に変わってしまいました。つづいてトルビーはチエリにねらいをつけ、チエリの顔を見て、たじろぎました。そのすきに、横たわっていたユニコが必死で起き、そばにあった鏡をチエリの前へおおってかくしました。それめがけて、トルビーの火花が……稲妻《いなづま》は鏡で反射して、トルビー向かってまともにはねかえってきました。トルビーは悲鳴をあげてこれも木の人形になってしまいました。

あっというまに、女王とトルビーが二人とも人形になってしまったのを見て、チエリは茫然《ぼうぜん》となりました。

そして、トルビーにかけよりました。

「にいさん……だから、あんなに、とめたのに……」

チエリは人形をだいて泣きました。


「女王さま！　女王さま！」

と、侍女《じじょ》が扉の外で叫ぶ声。

「なんですか……」

とユニコが女王のつくり声で答えました。

「ククルックが軍勢をひきいて、攻めてきました」

「すぐ行くとみんなに伝えて、戦いの用意をなさい」

とユニコが女王の声で命じました。

「さあ、チエリ。女王が人形になってしまったことを、みんなに知られてはなりません。あなたが女王の身代わりになるのです」

「ええっ、そんなこと、できないわ」

「女王に変事《へんじ》があったと知ったら、みんな力をおとして、たたかう勇気もでなくなります。あなたが女王になりすまして、指揮をとるのです。早くよろいを着けて！」

二人は、二つの人形をかくし、戸棚にあった女王のよろいを着ました。チエリにぴったりあいました。

ユニコは、たちまち大きな馬に変わると、チエリを乗せて居間のポーチから庭にとびおりました。

兵隊や女官たちは、いっせいに喚声《かんせい》を上げました。

チエリは興奮して胸がどきどきしました。ユニコは耳もとでそっとささやきました。

「チエリ、あなたは強い子でしょう。充分女王の代わりができますよ。

ぼくを信じて！　ぼくがだんじてあなたを守ってあげますから」

それを聞いて、チエリはわきあがる力を感じました。

「やってみるわ」

そして、みんなに大声で命令しました。

「町の四方に陣地をかまえて、守りなさい！　町の人はみんな宮殿の中へ！　近衛兵《このえへい》たち、わたしにつづけ！」

チエリは、剣をぬいてふりかざし、町の外へかけていきました。

沙漠《さばく》からは、グロテスクな怪物たちがズラリと並んで進撃してきます。その先頭はあの十二人の怪人たちです。そのうしろには、何万となく生き人形たちがロボットのようにつづいてきます。みんなククルックに操られているのです。

「あの生き人形たちをきずつけないで！　あれはみんな人間なのよ！　そ

の前の怪物たちはおもちゃだけど、うしろの人形とたたかってはいけません！」

と、チエリはつづいてくる近衛兵たちに叫びました。

近衛兵たちは怪物軍団にうちかかりましたが、ばたばたと倒されました。十二人の怪人はいっせいにチエリにおそいかかります。チエリは、剣であしらいながら、必死でピラミッドの方へおびきよせました。

そして、ピラミッドへユニコごと登りはじめました。

チエリを追って、ピラミッドの四方から怪人たちが登っていきます。

チエリが頂上へついた時には、チエリを四方から怪人がとり囲んで、もう完全にふくろのねずみでした。

突然ユニコの角《つの》がのびて、せまい頂上へ立った怪人たちをなぎはらいました。

怪人たちはバランスを失って、何十メートルも下の地上へ、もんどり打ってころげおち、がたがたにこわれてしまいました。

その時、虫のような乗り物で飛んできたのはククルックでした。

「おのれ！　きさまはチエリだったのか！」

魔法使いは、力いっぱい電光をピラミッドへたたきつけて、爆発させました。

一瞬早くユニコは天空高くとびあがりました。ククルックが手をふると黒い雲がわきあがり人の形となって、その手から猛烈な竜巻をおこしながら何体もおそってきました。その間を矢のようにくぐりぬけながら、ユニコは角《つの》を最大に白熱させて、あっというまに乗り物をつきさしました。白熱した角はみるみるふくれあがって光の柱となり、ククルックはミイラのようにひからびて、沙漠《さばく》の上へ力尽きて墜落しました。

「さあククルック、呪文《じゅもん》をとなえて、あの生き人形たちをもとにお戻し！」

とチエリが叫びました。

「ふん、だれがそんなことをするもんか。おれはもうだめだ。だが、最後に笑って死んでやる。あの生き人形どもは永久にあのままだ。きさまのおやじも、おふくろも人形のまま、くにへ持って帰るがいい……ざまをみろ……」

「おまえは、おとうさんやおかあさんを愛したことがないの!? おまえなんか人間じゃないわ!」 チエリは絶望して叫びました。

「ふん、女王か。女王なんかなんだ」

「女王は人形になってしまったわ」

それを聞くとククルックは驚きました。

「だれが? だれが人形にした? うそだ、いいかげんなことをいうな!」

「トルビーがしのびこんで女王をねらったのよ。だから、あたしが女王の身代わりになったんだわ」

ククルックの顔から生気が消え、眼が悲しげにうるみました。

「あのトルビーのばかめが……なんだって母上までおそったんだ……」

「おまえの魔法が悪いんだわ！」

ククルックは、うめきました。

「ああ……母上……おれがばかだった！　い、いますぐ魔法を解いてやるぞ……」

ククルックは息たえだえに、なにか呪文《じゅもん》をとなえると、生き人形たちはいっせいに光を放ち、みるみる人間の姿に戻りました。

そして、女王ウラニアも。

トルビーも。

そのとたん、ククルックのまわりには七色の虹《にじ》がきらめき、宝石のような星屑《ほしくず》が散りました。ミイラのように干からびて死にかけていたからだは、いつのまにかもとどおりになっていました。そして、なによりもククルックの顔からは暗さや冷たさが消え、温かい血の通った人間に変わっていたのです。

女王とククルックは抱きあいました。

「おれは長い悪夢を見ていたようだ……このつぐないはどうしたらいいだろう」

「これから始めましょう」

と母親がやさしく答えました。

喜びあう群衆の中で、人間に戻った両親に、抱きついているのはチエリでした。

それを遠くからじっと見ているのはトルビー。彼の顔は後悔にゆがんでいました。

「にいさーん」

チエリの呼び声に、おずおずとみんなの前へ歩きだすのでした。

空をかけて飛んでいくユニコの両親とユニコ。

地上でかすかに、

「ユニコ、どこへ行っちゃうの?」

と叫ぶチエリの声。

ユニコは、両親の顔と地上を見比べました。

「行っといで」

というように父親のユニコーンがうなずくと、ユニコは大喜びで地上めざして戻っていくのでした。

イタリア綺《き》想曲

イタリア綺《き》想曲

イタリアのある町（ローマらしい）の、片すみの泉の前　ノラ猫が寝《寝》ている。

朝。　どこかの衛兵の（たぶんヴァチカン宮の）ラッパの音。

猫　フラフラとおき上る。

泉の水をのみ。

B4　20×20

歩き出す。　早朝のガランと広いさむざむとした広場。　大通り。　ごみを拾う人。

ふと、　大通りに面した立派なマンションから、　かすかなワルツがきこえる。

ノラ猫、　見上げる。　ワルツ華やかになる。

美しい飼猫が現れて窓の下を見る。　ノラ猫と視線があう。　ノラ猫　えしゃくして、　ちょっとおどけて踊って見せる。　飼猫　ツンとしている。

ノラ猫　路上で踊りのステップをふむ。

飼猫、次ず（第）にづられてきて、ノラ猫のステップにあわせて、自分もふんでみる。

ノラ猫、喜（喜）んで、なおも次ず（第）にはげしくステップ。飼猫も同様にステップ。ベランダと、路上で二匹の猫のダンス。

飼猫、ベランダから柵をつたって路上におりてくる。

ノラ猫、いつのまにかローマの騎士の姿をしている。

ギャロップのテンポで、騎士の猫が、馬に乗って走る。

ローマの貴婦人の姿の飼猫をさらって、走って行く。

B4　20×20

いつのまにか、中世のルネッサンスローマの
目抜き通り。
十八世紀のいきな貴公子の姿をした（マスクをしている）ノラ猫
と、貴族の娘の服装の飼猫が、ほかの猫たち
の踊り狂う中で、はげしく情熱的に踊る。
突然、恋仇《こいがたき》らしいオスの飼猫が現れ、どう
まんな態度でノラ猫をつきとばし、娘を奪い
抱きしめようとする。
ノラ猫は、一たん頭を打って目を回《まわ》すが、
すぐ起き上って、オス猫のシッポをもって、

コクヨ

一ふりまわして投げとばす。

　オス猫剣をぬく。ノラ猫とオス猫、剣を合わせる。　ノラ猫、すばやい身のこなしで、踊りながらオス猫をからかいつつ戦う。オス猫つつかれどうしで、逃げ出す。　あえいでいる娘に、ノラ猫はそっと手をそえてやる。

　月の夜。　ロミオとジュリエットよろしく、ノラ猫と娘の愛のシーン。

　よりそった二匹に、　川辺の光が美しくきらめく。

B4　20×20

その光がリズミカルに、シュールな光の幻影にかかわり、明滅し、複雑にからみあい、ロンドのテンポにうつっていく。

アブストラクト的で、花火のような画面、それが花火のシーンとなり、花火の下で、大勢と一しょに二匹がロンドを踊っている。

仮装舞踏会。十九世紀后半の町。ノラ猫はアルルカンのなりをし、娘はコケットなダンサーの姿をしている。

さまざまな仮装をした連中（みんな猫）が

二匹のまわりを踊り廻る。

アルルカンとダンサーは、スポットライトの中で、めまぐるしく踊る。

踊りがクライマックスになったとき、二匹は、突然現実に引きもどされる。

飼猫は誰かに抱き上げられ、トランクなどと一しょに車の中へ入れられる。うしろの窓から路上に残されたノラ猫を見る飼猫、悲しく、味気ない幕切れ。

はげしいワルツの流れる中で、車は走り出

B4　20×20

す。ノラ猫は車めがけて追っていく。

ノラ猫と車　ローマの郊外の松の並ぶハイウエイを走る。

ノラ猫、やっとの思いで車にとびつき、うしろの窓から　車内の飼猫にウインクし、名残りおしそうに別れをつげる。

そして車をとびおり、去っていく車をハイウエイの片隅で見送る。

そして、胸をはり、市街の方へリズムをふみながら戻って行く。

○ノラ猫も飼猫も、うんとちいさな、かわらしいぬいぐるみスタイルにし、デイズニーの一連のものとは異った幼児むけのキャラクターを考える。

○この物語は、イタリア（ローマ）の歴史を展開するべきものなので、服装や、背景考証を慎重にすること。

B4　20×20

○プロローグとラストは現代のイタリアです。

○あまりバタくさくはしないこと。日本の町ー東京や大阪ーでも充分通じるような動きの演出を。

○シーンはめまぐるしくかわるが、カットはそれほど急激にかえずワンシーンをじっくり見せること。

○猫たちの踊り（振付を調べること）

1. 軽快なワルツのバリエーション

2. 中世風のロンド

3. タランテラ

4. パ・ド・ドゥ（これは適当に。中っくりしたバレエ風なもの。）

B4　20×20

◉おことわり

自筆原稿の明らかに誤記と思われる箇所および難読箇所を（　）で示し修正しました。

◉初出一覧

鉄腕アトム　二人の超人―――1980年10月 8日、日本テレビで放映
クレオパトラ―――1970年9月15日、日本ヘラルド映画配給で公開
光魚マゴス―――不明（未完成）
ファーブル昆虫記１―――1988年（アニメーションは未完成）
ファーブル昆虫記２―――1988年（アニメーションは未完成）
ユニコ―――1981年3月14日公開
ユニコ魔法の島へ―――1983年7月16日公開
イタリア綺想曲―――不明

手塚治虫《てづか・おさむ》

１９２８年11月３日大阪府豊中市生まれ。５歳より兵庫県宝塚市にて過ごす。大阪大学医学専門部卒。１９４６年「マアチャンの日記帳」でマンガ家としてデビュー。翌年発表した「新宝島」等のストーリーマンガにより戦後マンガ界に新生面を拓く。著書『手塚治虫漫画全集』全４００巻他。１９６２年「ある街角の物語」でアニメーション作家としてデビュー。翌年放送開始した国産初のテレビアニメ「鉄腕アトム」によりテレビアニメブームを巻き起こす。実験アニメーションの分野でも海外で受賞多数。１９８９年２月９日没。

樹立社大活字の〈杜〉
手塚治虫　SF・小説の玉手 4

二人の超人

二〇一一年五月二十日　初版第一刷発行

著　者　手塚治虫
発行者　林　茂樹
発行所　株式会社 樹立社
〒225―0002
神奈川県横浜市青葉区美しが丘二―二〇―一七
電話　〇四五―五一一―七一四〇
印刷・製本　株式会社東京印書館
監修者　森　晴路
装丁者　髙林昭太

ISBN978-4-901769-54-9 C0393